菩提系列散文

之五

拈花菩提

林清玄

著

作家出版社

（京权）图字：01-2017-3110

图书在版编目（CIP）数据

拈花菩提 / 林清玄著 .—北京：作家出版社，2017.11（2019.2重印）
（林清玄菩提系列散文）
ISBN 978-7-5063-9451-2

Ⅰ.①拈…　Ⅱ.①林…　Ⅲ.①散文集—中国—当代　Ⅳ.①I267

中国版本图书馆 CIP 数据核字（2017）第 079917 号

本著作物经厦门墨客知识产权代理有限公司，由九歌出版社有限公司授权作家出版社，在中国大陆出版、发行中文简体字版本。

拈花菩提

作　　者：林清玄
责任编辑：省登宇
助理编辑：张文剑
装帧设计：粉粉猫
出版发行：作家出版社
社　　址：北京农展馆南里 10 号　　　邮　　编：100125
电话传真：86-10-65930756（出版发行部）
　　　　　86-10-65004079（总编室）
　　　　　86-10-65015116（邮购部）
E-mail:zuojia @ zuojia.net.cn
http://www.haozuojia.com（作家在线）
印　　刷：北京明月印务有限责任公司
成品尺寸：142×210
字　　数：160 千
印　　张：7
版　　次：2017 年 11 月第 1 版
印　　次：2019 年 2 月第 3 次印刷
ISBN 978-7-5063-9451-2
定　　价：35.00 元

目　录
CONTENTS

附　录

自　序

有一年我到屏东乡下旅行，路过一座神庙，就进去烧香、抽签。

那是十年前的事了，当时我把抽签当成有趣的事，一点也不稀奇；但那一次在屏东庙里的抽签却是稀奇的，因为抽中的是一张"下下签"。在我的经验里，抽的签至少都是中上的，很少抽到坏签，那是我抽中的唯一一张"下下签"；尤其是那时我的生活、工作、情感都很平顺，因此抽中"下下签"那一刻，我惊讶得呆住了。

我根本懒得看签文写些什么，走出庙门，随手把签揉成一团丢到香炉里，看它化成一道轻烟，袅袅化去。

但走出庙门时，我感到心情十分沉重，不自觉放慢脚步，走在路边成行的芒果树下，思考着那张"下下签"的意义，我不知道它预示了什么，但我知道，应该使自己有更广大的心与宽远的见识，来包容人生偶尔会抽中的"下下签"。

一张"下下签"的内容是什么无关紧要，不过，在真实的人生里，它有如健康的人喝到一碗苦药，颇有醍醐灌顶的效果，反而能给我一些反省、一些激励。这样看，一个人一生抽到几张"下下签"不是什么坏事。反过来说，我们偶尔会抽中"上上签"，如果没有带给我们光明的力量，只令我们欢喜一场，也就没有什么好处了。

我想起从前在日本旅行，看到日本寺庙前面的树上结满白色的签纸随风飘扬的景象。原因是抽签的人对签不满意，把它结在树上还给神明，然后重抽，一直抽到满意为止。

我很欣赏这种习俗，因为来抽签的人多是在寻求心里的安慰，大部分是在生活中遭受不幸与挫折而彷徨无措的人，抽中一支坏签无疑是骆驼背上一根稻草，更觉得难以承担、无所依靠了。将坏签挂回树上，是对命运的一种沉重无声的抗议。

抽签虽然是宿命的，但可以把坏签还给天地，只要好的签，这是在宿命里寻找出路，表明不肯受命运安排的意志；如果我们对命运的安排完全没有抗衡的余地，那么也就不需要抽签了。虽然有一点可悲的是，我们可以把坏签挂在树上还给世界，却往往无法把人生真实的挫败还给无情的天地，在静夜无人之际，仍然要默默饮着生命的苦汁，心里痛苦地呐喊着。

其实一张签诗是好是坏都没有关系，它最大的意义是让我们转个弯，做一次新的思考，因而在顺境时抽到"下下签"、在逆境时抽到"上上签"，格外有意义。前者是"居安思危"，后者是"反败为胜"。人生的际遇从更大的角度看，不也是这样吗？

当我看见日本寺庙前树上结满白签纸，在风雨中沉默地舞动，感觉那是人世间的好风好景，表现了人的傲骨与尊严。但我看见台北民权东路恩主公庙里，静静飘飞的香烟里，许多正在抽签的虔诚的面容，也感觉那是人世间的真情真意，里面燃烧着人的祈愿与期待。从远景看，一张签纸上写的是人与宇宙间流动的温暖，写着无穷时空中的一些想望、一些追寻、一些爱。

在欧美和日本的中国餐馆，常设有幸运签，有的藏在筷子里、有的包在馒头内、有的放在玻璃瓶中，这些签纸通常写着最好最美的语言，让人看了心情欢愉。我常常突发奇想，要是寺庙里的签都是这样的好句该有多好，一定可以帮助许多有情人成眷属，带给沮丧的人生存的希望，使挫败者有勇气走向黎明的天光。

三年前的早春，我到日本的日光山去看红叶，夜里在山上小径散步，找到一家卖荞麦面的小屋，吃面时打开筷子的纸袋，掉下一张纸，上面用中文写着："今日天气真好！"我吟着这句话，俯瞰夜色中泛着浅蓝色的山谷，谷中月光下的枫红点点，忽然觉得不只今天天气真好，人生也是非常幸福的！

人生在某种层次上，真像一张签纸。

学佛以后我就不再抽签了，我喜欢佛寺中不设签箱，对一个坦荡无疑的生命，到处都是纯净的白纸，写什么文字有什么要紧，生命的遭遇有如水中的浮草、木叶、花瓣，终究会在时间的河流中流到远方。能这样看，我们就可以在抽签时带着游戏的心情，把一切缺憾还诸天地，让我们用真实的自我面对这万般波折的人间！

生命不免会遇到有如下下签那么糟的景况，让我们也能有一种宽容的心来承担，把它挂在树上随风飘动，或落入河中，随流水流向大海吧！

　　这一册《拈花菩提》正有如生命之河上所漂浮的花瓣，我随手把花瓣捞起，有的美如桃花，有的凄艳如樱，有的清淡若菊，还有的如历经冰寒的梅花，也有一些是开在山溪涧无人知名、未曾被欣赏过的清醇的小野花。

　　我多么喜欢智者大师在《摩诃止观》里说的："圆顿者，初缘实相，造境即中，无不真实。系缘法界，一念法界，一色一香，无非中道。己界及佛界，众生界亦然。"我们生命里所遭遇到的每一种颜色、每一朵花香，都展现了它无比的尊严与意义。一朵野外独自开放的无名小花，不都让我们感触到宇宙生命的奥秘吗？我们生命之河所流过的花瓣，虽有不同的喜之花、怒之花、哀之花、乐之花，不都是菩萨心海中的妙有世界吗？

　　这苦恼的三界，既是己界、众生界，也是佛界。我深信，佛菩萨的世界并不离开人生的现实而存在，如果佛菩萨不能与我们的生活结缘，佛菩萨的存在又有什么意义呢？我们愈是直视充满痛苦矛盾的现实人生，愈感觉到佛菩萨的大悲，如果这个世界不是如此苦难，佛菩萨的慈悲又要从什么地方展现呢？

　　近几年来，我写的学佛随笔，就是从现实人间来出发的。我认为佛与菩萨是随时随地无所不在的，自然，佛菩萨也存在人生的顺境与困境里，我们如果在现实生活不能体验慈悲与智慧，那不是生活中没有真理，而是我们没有足够明净的心性。《拈花菩提》是每一步都走在现实的道路上，希望从许多细小的日常事物去体贴、去接近佛菩萨无尽的慈悲与无量的智慧。

我的文章不是佛教思想的研究，因为我认为注重学解的佛教，很容易专门化、复杂化，不能满足我们对宗教实践的渴望与景仰。我期望的不是提出个人的主张或思想，而是想唤起人人自我的觉悟。

很多读者读了"菩提系列"以后，对我提出各式各样的问题，有的欢喜、有的赞叹、有的建议，也有一些是质疑与辩难，我都充满感激地承受，可惜没有时间一一回复。希望读者有任何佛法的问题，直接去向法师请教，他们的修行都比我好，必然能有比我更好的答案。尤其是修行的问题，比起师父们，我的修行还非常非常的低微。这些年来在修行的路上摸索，日益感知了自己的渺小，唯一能说的大概只有一句话："我已发阿耨多罗三藐三菩提心。"

我时常在清夜里，燃香三炷，写这些文章。有时写累了会走到阳台呼吸沁凉的空气，站在阳台上俯望万丈红尘，让夜雾轻轻扑来，在这寂静沁凉而闪着寥落星光的夜晚，常使我觉得自己是走着多么孤寂的道路。在这喧闹的尘世，谁听见我内心无声的呼喊呢？在无边的旷野，谁是相识的那再来的人呢？在有情的人间，谁愿与我走在虚空之上让莲花承接双足呢？这样的孤寂之感，甚至令我感到自己眼中的水意。然后，我就静静地念着"南无观世音菩萨"，一股清澈的泉水就清洗了我的内心，是南无观世音菩萨护持我走过了无数漫漫孤单的长夜。

其实，我们走过每一步看似孤寂的路，每一位修行者都已走过；我们所感喟的无人理解的忧伤，佛菩萨也都能理解；我们在这世界所有的一切忧恼，佛菩萨都已经忧恼过，并且承担过、超越过了。这样想时，心中就已坦然，在我临睡前例行的礼拜时，看到佛堂的灯光特别温暖，准提佛母的脸洋溢着格外慈悲的光芒。

《正法念处经》里说："人命不久住，犹如拍手声。"生命是如此短促，烦恼犹如空中飞鸟的影子，我深切知道，不论要遭遇多么巨大的考验与折磨，我都会怀着清明的感恩之心，来看待因缘、包容人间、注视世界。

特别感谢几位朋友赵卯琳、连艾华、杨雅璇的关怀护持，朋友们的帮助，常使我觉得不枉这一趟的人世。

我愿把此书的所有功德回向给我的妻子小銮，并祈愿佛菩萨、本尊、上师、护法继续加倍护佑她。

我愿把一切的功德回向给一切众生，祈望十方诸佛菩萨帮助一切在难关中的众生能度过生命中险恶的波涛。

最后，让我们定下心来，双手合十，低眉垂目，一起虔诚地念"南无观世音菩萨、南无观世音菩萨、南无观世音菩萨"，让我们随着观世音菩萨来发愿：

愿吾速知一切法，

愿吾早得智慧眼，

愿吾达度一切众，

愿吾早得善方便，

愿吾速乘涅槃船，

愿吾早得越苦海，

愿吾速得戒定道，

愿吾早登涅槃山，

愿吾速会无为舍，

愿吾早证法性身。

林清玄

一九八八年五月

于台北永吉路客寓

"菩提十书"新序
——致大陆读者

一花一净土，一土一如来

三十岁的时候，在世俗的眼光里，我迈入了人生的峰顶。

我得到了所有重要的文学奖项，我写的书都在畅销排行榜上，我在报纸杂志上有十八个专栏。

我在一家最大的报社，担任一级主管，并兼任一家电视台的主管。我在一家最大的广播公司主持每天播出的带状节目，还在一家电视台主持每周播出的深入报道节目。

我应邀到各地的演讲，一年讲二百场。

"世俗"的成功，并未带给我预期的快乐，反而使我焦虑、彷徨、烦恼，睡眠不足，食不知味。

我像被打在圆圈中的陀螺，不停地旋转，却没有前进的方向，也不知道什么时候会倒下来。

有一天，我在报社等着看大样，发现抽屉里有一本朋友送我的书《至尊奥义书》，有印度的原文，还有中文解说。

随意翻阅，一段话跳上我的眼睛：

"一个人到了三十岁，应该把所有的时间用来觉悟。"

我好像被人打了一拳，我正好三十岁，不但没有把所有的时间用来觉悟，连一分钟的觉悟也没有，觉悟，是什么呢？

再往下翻阅：

"到了三十岁，如果没有把全部的时间用来觉悟，就是一步一步地走向死亡的道路！"

我从椅子上跳起来，感到惊骇莫名，自己正一步一步走向死亡的道路还不自知呀！

从那一个夜晚开始，我每天都在想：觉悟是什么？要如何走向觉悟之路？

一个月后，我停止了主持的广播节目和电视节目，也停止了大部分的专栏。

三个月后，我入山闭关，早上在小屋读经打坐，下午在森林散步，晚上读经打坐。

我个人身心的变化，可以用"革命"来形容，为了寻找觉悟，我的人生已经走向完全不同的路向。

走上独醒与独行的路

那一段翻天覆地的改变，经过近三十年了，虽说已云淡风轻，但每次思及当时的毅然决然，依然感到震动。

我的全身心都渴求着"觉悟"，这种渴求觉悟的内在骚动，使我再也无法安住于世俗的追求了。

虽然，"觉悟"于我只是一个模糊的概念，分不清是净土宗觉悟到世间的秽陋，寻找究竟的佛国，或者是密宗觉悟到佛我一体的三密相应，或者是华严宗觉悟到世界即是法界，庄严世界万有，或者是天台宗觉悟到真理是普遍存在的，一色一香，无非中道！

我的"觉悟"最接近的是禅宗的"顿"，是"佛性的觉醒"，是不论我们沉睡了多么长的时间，醒来都只是短暂的片刻。

很庆幸，我在三十岁的某一个深夜，醒来了！

也就是在那个醒来，我开始写作第一本菩提的书《紫色菩提》，我会再提笔写作，是因为"佛教的思想这么好，知道的人却这么少"，希望用更浅白的文字来讲佛教思想。

其次是理解到，佛教的修行不离于生活，禅宗的修行从来不是贵族的，它自始至终都站在庶民大众的身边。它的思想简明易懂又容易修行，它不墨守成规，对经论采取自由的态度。

自从百丈之后，耕田、收成、运水、搬柴，乃至吃饭、喝茶，禅的修行深入于生活的每一个细节。

如果能在觉悟的过程，将生活、读书、修行、写作冶成一炉，应该可以创造一些新的思想吧！

我的"菩提系列"就是在这种心情下开始创作的，我的闭关内容也有了改变，早上读经打坐，下午在森林经行，晚上则伏案写作。

经过近十年的时间，总共写了十本"菩提"，当时在台湾交由九歌出版社出版，引起读书界的轰动，被出版业选为"四十年来最畅销及最有影响力的书"。

后来，授权给北京的作家出版社，出版了简体字版，也是轰动一时，成为许多大陆青年的床头书。

三十年前，我的人生走向了一条分叉的路，如果在世俗的轨道继续向前走，走向人群熙攘的路，会是如何呢？

我走上了人迹罕至的路，走上了独行与独醒的路，到如今还为了追寻更高的境界，努力不懈。

我能无悔，是因为步步留心，留下了"菩提系列""禅心大地系列""现代佛典系列""身心安顿系列"，《打开心内的门窗》《走向光明的所在》……

我确信，对于彷徨的现代人，这些寻找觉悟之道的书，能使他们得到启发，在世俗的沉睡中醒来。

学习看见自己的心

"觉悟"在生命里是神奇的，正是"千年暗室，一灯即明"，不管黑暗有多久，沉睡了多么长的时间，只要点燃了一盏小小的灯火，一切就明明白白、无所隐藏了！

"觉悟"不只是张开心眼来看世界，使世界有全新的面目；也是跳出自我的执着，从一个全新的眼睛，来回观自己的心、自己的爱、自己的人生。

"觉"是"学习来看见"，"悟"是"我的心"，最简明地说，"觉悟"就是"学习看见自己的心"。

"觉悟"乃是与"菩提"连成一线的,《大日经》说:"云何菩提,谓如实知自心。"

这是为什么我在写"菩提系列"时,把书名定为"菩提"的原因,它缘于觉悟,又涵盖了觉悟,它涵容了佛教里一些"无法翻译"的内涵,例如禅那、般若、三昧、南无、波罗蜜多等等。

"菩提"在正统的佛教概念里,原是"断绝世间烦恼而成就涅槃智慧"的意思,但由于它的不译,就有了无限的延展和无限的可能。

我想要书写的,其实很简单,不只是佛教的修行能改变人生,就在我们生活里,也有无限延展和无限可能。

"菩提"的具体呈现是"菩提萨埵",也就简称"菩萨","菩提"是"觉","萨埵"是"有情"。

"觉有情"这三个字真美,我曾写过一本书《以有情觉有情》,来阐明这个道理:菩萨的行履过处,正是以更深刻的情感来使有情的众生得到觉悟,而每一个有情时刻都是觉悟的契机。

生活是苦难的,生命是无常的,但即使是最苦的时候,都能看见晚霞的美丽;最艰难的日子,都能感受天空的蔚蓝与海洋的辽阔。纵是最无常的历程,小草依然翠绿,霜叶还是嫣红。

道由白云尽,春与青溪长;时有落花至,远随流水香。白云与青溪,落花与流水,都是长在的,并不会随着因缘的变幻、生命的苦谛而失去!

"菩提十书"写的正是这种心事,恰如庞蕴居士说的"一念心清净,处处莲花开;一花一净土,一土一如来",生命里若还有阴晴不定，生活里若还有隐晦不明，那是因为我们还没有触事遇缘都生起菩提呀！

　　我把"菩提十书"重新授权给大陆出版，时光流变已过半甲子，年华渐老、思想如新，祈愿读者在这套书中，可以触到觉悟与菩提的契机！

林清玄

二〇一二年秋天

台北清淳斋

卷一　波罗蜜

一片茶叶

抓一把茶叶丢在壶里，从壶口流出了金黄色的液体，喝茶的时候我突然想到：这杯茶的每一滴水，是刚刚那一把茶叶中的每一片所释放出来的。我们喝茶的人，从来不会去分辨每一片茶叶，因此常常忘记一壶茶是由一片一片的茶叶所组成。

在一壶茶里，每一片茶叶都不重要，因为少了一片，仍然是一壶茶。但是，每一片茶叶也都非常重要，因为每一滴水的芬芳，都有每一片茶叶的生命本质。

布施不也是如此吗？

布施，有如加一片茶叶到一大壶茶里，少了我的这一片，看似不影响茶的味道；其实不然，丢进我的这一片，整壶茶都有了我的芳香。虽然我能施的很小，也会充满每一滴水。

布施，我们应以茶叶为师，最上好的茶叶，五六斤茶菁才能制成一斤茶，而每一片茶都是泡在壶里才能还原、才能温润、才有作为茶叶的生命意义；我们也是一样，要经过许多岁月的刷洗才锻炼我们的芬芳，而且只有在奉献时，我们才有了人的温润，有了生命的意义。

一片茶叶丢到壶里就被遗忘了，喝的人在欢喜一壶茶时并不会赞叹单独的一片茶叶。一片茶叶是不求世间名誉的，这就是以清净心布施，不求功德、不求福报，只是尽心尽意贡献自己的芳香。

一壶好茶，是每一片茶叶共同创造的净土。

正如《维摩经》说："布施，是菩萨净土。"

欲行布施，先学习在社会这壶茶里，做一片茶叶！

说珍惜世界，先珍惜每一片茶叶吧！

这样想时，喝茶的时候就特别能品味其中的清香。

感同身受

芦苇知道在秋天开出白茫茫的花是感同身受；

枫树知道在秋天展放红艳艳的叶是感同身受。

风，使我们凉，是感同身受；

雨，使我们湿，是感同身受；

阳光，使我们温暖，是感同身受；

涛声，使我们震动，是感同身受。

我们最亲的人病了，我们知道什么是感同身受；我们走过医院病房，听见陌生人的哀号，何尝不感同身受呢？

我们从无助的境况艰困地挣扎出来，当我们再看到无助者陷落，是不是感同身受呢？

我们在路旁看见被疾驰的车撞倒，奄奄喘息血流遍地的一只猫，令我们酸楚落泪，是不是感同身受呢？

感同身受再大一些，是无缘大慈；感同身受再深刻一些，是同体大悲；能感同身受又能拔苦与乐，就是菩萨了。

让我们闭起眼睛，观想世界众生在我的心地，然后张开眼睛，以虔诚的心来读一段《华严经》：

> 皆悉与我同行、同愿、同善根、同出离道、同清净解、同清净念、同清净趣、同无量觉、同得诸根、同广大心、同所行境、同理同义、同明了法、同净色相、同无量力、同最精进、同正法音、同随类音、同清净第一音、同赞无量清净功德、同清净业、同清净报。同大慈周普救护一切、同大悲周普成熟众生、同清净身业随缘集起、令见者欣悦。同清净口业随世语言宣布法化、同往诣一切诸佛众会道场、同往诣一切佛刹供养诸佛、同能现见一切法门、同住菩萨清净行地。

亲爱的陌生人，秋天的时候，我们站在芦苇丛中是不是和芦苇一样感到秋风的凄凉？我们站在枫红层层里，是否也看见了我们被寒风冻红的双颊呢？

那么，我们又何能冷漠地、孤傲地生活在人群里呢？

镜里的阳光

埃及有很多开放给人参观的古迹，由于偏处沙漠，架设电源不便，几乎都没有电灯设备，尤其是深入地底的法老王陵墓，经过几次转折，是完全漆黑的。

埃及人想出一个方法，在入口处架一面大镜把阳光折射进地洞，然后在每一个地道转折口都放一面镜子，阳光依次折射，最后竟能射进深达一千米的地底，不需要任何灯光的辅助，人就能在地层深处目视景物。由于埃及的阳光灿亮，初入的几段地道，光明有如白昼。

这种取得光源来照射地底的方法令人赞叹，多么像佛教所说的"回向"，它给我们三个大的启示：一是唯有光明的心地才能回向，黑暗的心灵是没有能力回向的，所以想回向给别人，必先使自心光明。二是佛菩萨的光明有如光耀的太阳，我们修行的人都是镜子，要把佛菩萨的光明向黑暗折射。三是藉佛菩萨的慈悲力、智慧力之回向，真能使最黑暗之处带来光明，而一切菩萨之所行，无不悉数回向众生与菩提。

回向，是"回转"自己的善根功德"趣向"予众生，也就是趣向于佛果，就如同镜子一面承受佛的光明，一面投影照亮黑暗。

"止观"说："众生无善，我以善施，施众生已，正向菩提。如回声入角，响闻则远，回向为大利。"回向如把声音吹入号角，回向如把声音放入扩音喇叭，回向有如敲钟、鸣鼓、弹琴、吹笛；回向有如扬风、落雨、溪流、天籁；回向有如狮吼、海潮、慈云、慧矩。

回向，是黑暗里点一盏灯。

回向，是雪地中生一盆火。

回向，是风雨夜搭一个棚。

回向呀！是怒涛骇浪中能平静航行的法船。

回向有非常非常之美，回向也有不可思议使自己与世界一起光明的力量。

小　悲

法师正在诵读一本书的时候，走进一个孩子。

"师父，您在读什么书呀？"孩子说。

"在读《大悲咒》。"法师微笑着说，继续诵他的咒。

孩子就在房子四周的书中翻着，找了半天，法师忍不住问："孩子，你在找什么呀？"

"我在找小悲咒。"孩子天真地说，"师父是大人，诵读《大悲咒》，我是小孩，当然要读小悲咒了。"

法师忍不住笑起来："菩萨只有《大悲咒》，从来没有什么小悲咒呀！"

"为什么呢？有好就有坏，有大一定有小呀。"孩子说。

法师说："那是我们凡人的世界，在菩萨的世界里，好的一切都是大的。大悲、大智、大行、大愿、大德、大菩提、大威神力，因为大就包括了小，只有这些都大才是菩萨，否则就是凡夫了。"

说着，法师牵着孩子的手走到室外，看到高大的殿门上写着"大雄宝殿"四个字，对孩子说："大雄就是大丈夫，如果没有大雄，而是小雄，就是小丈夫了，多难听呀！"

孩子粲然笑了，看着广大澄明的天空说："师父，我也要读《大悲咒》，做大丈夫！"

彩虹汗珠

刚做完运动，坐在阳台乘凉，这时才发现刚刚的大雨已经过了，天边的阳光重新展颜，而在山与山之间挂着一弯又长又大的彩虹，明亮、鲜艳、温暖，多么美的彩虹呀！如果天天能看见这么美的天空不知道多幸福，我那样想着。

我的汗还在流着，手臂上冒出一粒粒豆大的汗珠，阳光和煦地抚触着，这时我看见自己手臂上的汗珠，每一粒都是七彩的，宛若蕴藏着一道彩虹，和天边的彩虹一样明亮、鲜艳，而温暖。

我知道了，手臂上每一粒汗珠里的彩虹与天空那宏伟的彩虹在本质上是没有差别的，这使我知道每一微尘中见一切法界是可以理解的。微尘与法界的关系虽比汗珠与彩虹要甚深微妙，但理体则一，正如《须真天子经》中说的："譬如天下，万川四流，各自有名，尽归于海，合为一味。所以者何？无有异故也。如是天子，不晓了法界者，便呼有异；晓了法界者，便见而无异也。"

看着手臂上的汗珠一粒粒冒出，粒粒晶莹剔透，悉数化为明艳的彩虹，这时就更觉得《华严经》的偈是多么真实，多么辽阔而伟大：

> 一一毛孔中刹海，等一切刹极微数，
> 佛悉于中坐道场，菩萨众会共围绕。
> 一一毛孔所有刹，佛悉于中坐道场，
> 安处最胜莲花座，普现神通周法界。
> 一毛端处所有佛，一切刹土极微数，
> 悉于菩萨众会中，皆为宣扬普贤行。
> 如来安坐于一刹，一切刹中无不现，
> 一方无尽菩萨云，普共同来集其所。

　　轻轻地读诵这首偈，从优美的玄想中抬起头来，天边的彩虹已经消逝，手上汗珠的彩虹仍在闪烁。佛菩萨给我们偶然的示现正如天边的彩虹，要很多因缘凑巧才能得见。对一位修行者而言，最重要的不是日日期待天上的彩虹，而是时时看见手上的彩虹与心里的彩虹。

杨 枝

朋友送我一幅齐白石画的杨柳观音，体态厚实，面容温柔，看起来真像妈妈一样。

这幅观音，左手抱着净瓶，右手拿着杨枝，净瓶浑圆优美，杨枝逸笔草草，是几笔乱墨画成。枝条是以枯墨一笔而成，显得十分刚强坚硬，柳叶则是浓墨，异常之飘逸而温柔。

那齐白石笔下的杨柳观音与一般所见不同，尤其是那一枝杨枝，竟是柔中带刚，涵含着无限悲悯。

静夜里仰望那幅观音，看他手中的杨枝，我想：我们也应该像观音手中的杨枝一样，求佛道应该像枝条那样刚强坚固；对待众生则应该像柳叶，充满了温柔。

向上的枝条是在说："上合十方诸佛本觉妙心，与佛如来同一慈力。"

向下的柳叶则是说："下合十方一切六道众生，与诸众生同一悲仰。"

庄 严

　　修行人在遭遇困难与苦厄时，应该知道自己的困难与苦厄是好的呈现，因为只有在过程中有苦难，才使我们在最后能有一个庄严的离开，得到更庄严恒久的生命。

　　我们希望以自己的善根福德，来与众生的恶业苦难相交换，因此要懂得承担，承担使我们在苦难时无怨，承担使我们在折磨时坦然。

　　承担，使我们庄严。

　　就像春天怒放的曼陀罗花，一枝承受千百花那么庄严。

　　就像秋熟饱满的稻子，为背负谷种而弯腰那么庄严。

　　就像积雪的青山，背负大雪等待春天灌溉那么庄严。

　　　　青山原不老，为雪白头；
　　　　绿水本无忧，因风皱面。

多么好的一句话！我们为雪而白头，因风而皱面，事实不能改变我们不老无忧的本性。绿色的青山，庄严！白头的青山，也庄严！

无风的绿水，庄严！波动的湖面，同样庄严！

菩萨的心

如诸菩萨摩诃萨其心如海,悉能容受一切佛法。

如须弥山,志意坚固不可动摇。

如善见药,能除众生烦恼重病。

如明净日,能破众生无明暗障。

犹如大地,能作一切众生依处。

犹如好风,能作一切众生义利。

犹如明灯,能为众生生智慧光。

犹如大云,能为众生雨寂灭法。

犹如净月,能为众生放福德光。

犹如帝释,悉能守护一切众生。

如诸菩萨摩诃萨为高盖,慈心普荫诸众生故。

为修行,下中上行悉等行故。

为大地,能以慈心任持一切诸众生故。

为满月,福德光明于世间中平等现故。

为净日，以智光明照耀一切所知境故。

为明灯，能破一切众生心中诸黑暗故。

为水清珠，能清一切众生心中谄诳浊故。

为如意宝，悉能满足一切众生所愿故。

为大风，速令众生修习三昧入一切智大城中故。

我为利益一切众生故，

为令一切众生出诸苦难故，

为令一切众生究竟安乐故，

为令一切众生出生死海故，

为令一切众生住法宝洲故，

为令一切众生枯竭爱河故，

为令一切众生起大慈悲故，

为令一切众生舍离欲爱故，

为令一切众生渴仰佛智故，

为令一切众生出生死旷野故，

为令一切众生乐诸佛功德故，

为令一切众生出三界城故，

为令一切众生入一切智城故，

发阿耨多罗三藐三菩提。

　　这是读《华严经》时随手抄下的几段，多么高贵而动人，世界上最优美的诗歌无过此者，而在《华严经》里几乎每一页都有这样令人思维悲泣流泪的珠玉，使我们"生欢喜心、生净信心、

17

生猛利心、生欣悦心、生踊跃心、生庆幸心、生无浊心、生清净心、生坚固心、生广大心、生无尽心"。

在日月、大地、风云，乃至一盏明灯，我们都可以领会菩萨的心，而我们所眼见的世界都在最细微处有菩萨的庄严。我们所踩过的每一株草，我们所震落的每一滴露水，我们所感受的每一种风，我们所应对的每一丝阳光，不都是菩萨的心吗？

众生的心

众生的心，清楚时就散乱了。

菩萨的心，在散乱中更清楚。

众生的心，静下来就睡着了。

菩萨的心，在睡着时犹沉静。

散乱的心如风中之烛，动摇不定，不能起用。

静下来就睡着的心如河水封冻，见不到水里的游鱼。

蜡烛的心

"这蜡烛还有油，怎么就熄掉了。"孩子说。

"蜡烛的心烧完了，当然就熄了。"爸爸说。

"没有心的蜡烛不会烧，没有心的人呢？"孩子说。

"没有心的人与没有心的蜡烛一样，不能照亮别人。"爸爸说。

觉醒的滋味

喝完功夫茶后，喝一杯水，会觉得那水特别好喝，觉得茶好，水也好。

热闹的聚会后，沉静下来，会觉得那沉静格外清澄，觉得热烈也美，沉定也美。

爬山回家以后，洗个热水澡，觉得那水是从身体蒸发出来的，觉得爬山也享受，洗澡也享受。

有时欢乐与哀愁也是如此，哀愁时感到欢乐真好，欢乐时也觉得哀愁有一种觉醒的滋味。

觉醒的滋味随时都在，就像阳光每天都来。今天过北宜公路看到灿烂的樱花开了，但满地都是冥纸，那红色的樱花看起来就像血一样惊心。

忧伤之雨

下雨的时候走在街上，有时会不自觉地落下泪来，心里感到忧伤。

有阳光的时候走在街上，差不多都能保持愉快的心，温暖地看待世界。

从前不知道原因何在，后来才知道，水性不二，我们心中的忧伤不就是天上的雨吗？明性也不二，我们心中的温暖就会与阳光的光明相映。

下雨天特别能唤起我们的悲心，甚至会感觉到满天的雨也比不上这忍苦世间所流的泪。

由于世间是这样苦，雨才下个不停。我相信，在诸佛菩萨的净土一定是不下雨的，在那里，满空的光明里，永远有花香随着花瓣飘飘落下。

在苦痛的时候，我们真的可以感受到每一滴雨水，都是前世忧伤的泪所凝结。

雨，是忧伤世间的象征，使我看见了每一位雨中的行人，心里都有着不为人见的隐秘的辛酸。

但想到我们今生落下的每一滴泪，在某一个时空会化成一粒雨珠落下，就感到抬头看见的每一颗雨珠都是我们心田的呈现。

下雨天的时候，我常这样祈愿：

但愿世间的泪，不会下得像天上的雨那样滂沱。

但愿天上的雨，不会落得如人间的泪如此污浊。

但愿人人都能有阳光的伞来抵挡生命的风雨。

但愿人人都能因雨水的清洗而成为明净的人。

这样许愿时，感觉雨和泪都清明了起来。

这样许愿时，使我知道，娑婆世界的雨也是菩萨悲心的感召。

吃清净食

有人问我："吃素是为了什么？如果是怕杀生，一棵青菜从萌芽到长大，恐怕要杀掉不少虫；如果是为了慈悲，为什么素菜馆子里，菜名叫做红烧鱼或当归羊肉汤呢？"

吃素，确是为了长养慈悲心、为了不吃众生的肉，但更重要的是为这个"素"字，素是清净、简单、朴质的意思，"吃素"就是吃清静、简单、朴质的食物，这是求自身清净者的本分，其实没有功德可言。

因此，吃素者若心不清净，则他的素就是白吃。

又一般所说的"吃斋"，"斋"字在梵名是"布萨"，是清净之意。但佛教说的"持斋""斋食"，指的不是吃的食物，而是吃的时间，"过午时不食"叫"持斋"，故以"吃斋"来指素食者，是错误的用法。

吃素者若有功德，不在他的食物，而在他清净心与慈悲心之开启。

心清净的人自然会想吃素。

素食久了身心自然会清净。

这两者感应道交，是不能分别的。

莲瓣之不朽

供养佛的莲花凋谢了，花香仍在，并且带着供养过佛的特有的清净，弃之可惜。

我把莲瓣与莲蕊取下，铺放在白纸上。几天以后，莲花完全干透，香味仿佛隐去，只有颜色仍保有原来的清丽。那谢了的莲瓣仍有难思议之美，用水晶小瓶盛装摆在案前，它自己在清夜里就显现了庄严，这曾供养佛的莲花便如此地供养了自性。

已消失香味的莲瓣，香的本质并未失去，在开瓶的刹那从瓶中放散出来，就像那些有好本质的人把人格的馨香含孕在深处，唯有打开瓶塞的人才能闻见。

这些干了的莲瓣莲蕊很有大用，泡茶的时候丢几片进去，水中便有莲香，带着清越的气息；焚香的时候铺在炉底，当沉香燃烧时，莲花隐藏的魂魄就醒转过来，令人动容地流动在空中。

在我的手中，莲花谢了，但并不朽坏，这一点使我异常欢喜，也使我知道在这个世界上，只要有心，总有一些事物可以不朽。那焚烧成烟尘的莲瓣也不是朽坏消失，而是飘到不可知的远方。

十五楼观点

我的工作室在十五楼，打开窗户，左边是观音山，正中是阳明山，可以看到半个台北盆地，还有无限的晴空。

来到工作室的朋友，常有两种极端的反应，一种是说：在这么高的房子，视野开阔、空气清新，并能日日感知青天的白云与黑夜的星月。

另一种是说：哎呀！你怎么住这么高的地方，地震怎么办？台风怎么办？火灾怎么办？他一点也不能享受高楼的好处，就带着惊怕的心情离开了。

我在这里逐渐归纳出来，前者都是生性乐观开朗，他们不论何时何地总看到事物美好的一面。后者则是生性悲观忧郁，他们不管在何时何地都会自然地生起烦恼，由于烦恼使他们常常过着惊怕的日子。

其实，十五楼和十楼、五楼有什么不同呢？完全是个人的心之所受罢了，一切生活的对待都是因观点不同而产生了悲喜，就像十五楼的观点一样。

有一个朋友说：你住这么高，比较接近西方极乐世界呀！

我听了笑起来，说："为什么极乐世界一定是在高的地方呢？"

只要观点恒常光明，极乐世界就在眼前，一时佛在。

人以爱为食

眼以眠为食，耳以声为食，鼻以香为食，舌以味为食，身以细滑为食，意以法为食，涅槃以不放逸为食。

——《增一阿含经》

人以爱为食，爱以无明为食，无明以五盖为食，乃至不信以闻恶法为食；譬如大海以大河为食，大河以小河为食，乃至溪涧平泽以雨为食。

——《中阿含经》

学佛道者，佛所言说，皆应信顺。犹如食蜜，中边皆甜，吾经亦尔。

——《四十二章经》

异见成憎，同想成爱。

——《楞严经》

轮回，爱为根本。

——《圆觉经》

所有存在宇宙的事物，都因为有它的滋养而存在，而人所以存在，是由于爱。

爱使我们轮回生死，爱使我们流转三世；但也因为爱，使菩萨不厌生死，使菩萨倒驾慈航，使菩萨护念众生、不舍众生。最后，因为无量的爱，使菩萨成为如来。

众生的爱，是贪爱，贪爱是有染的。

菩萨的爱，是信爱，信爱是无染的。

因为有染，使贪、嗔、痴成为众生的三毒。

因为无染，使贪、嗔、痴成为菩萨的三金刚。

人不要怕爱，爱固然使我们系缚、使我们燃烧、使我们烦恼，但同样是爱，也坚固我们、成就我们、超越我们，使我们走向菩萨的道路。

以灵为性

水以湿为性。

火以热为性。

风以流动为性。

石以坚固为性。

性是很难改的，像中药里的百草，各有温、凉、寒、热的本性，经过极长期的煎熬其本性都不会失去，可见本性之重要。

人究竟是以什么为性？

人应该以灵为性，人要有灵性，一个没有灵性的人还比不上一株草。

华严清品

素菜馆里有一道菜，名叫"华严清品"。

叫来一看，打心里微笑，原来是青菜豆腐汤。

华严，是佛经中最富丽堂皇的一部，它的清品竟是最平凡不过的青菜豆腐汤。老板告诉我，自从改名为"华严清品"，一天卖出的豆腐汤增加十倍以上。

"华严清品"给我们的启示是：

名字有时可以改变事物的感觉、印象、观点，乃至想法，所以在说名相不重要时，应先了解名相。

如果懂得细细品尝，最平凡的事物也能有最富丽堂皇的境界。

罗汉汤

每家素菜馆都有罗汉汤，但每家都大有不同。

所谓罗汉汤，就是杂菜汤，有什么放什么煮出来的汤。

寺庙里也有罗汉汤，是师父吃完了饭菜，用水在碗盘中涮一涮喝下去，就是罗汉汤，也就是残汤。

罗汉喝的汤有一些特质：一是节俭惜福，二是不拣择，三是能容。这些特质，能使人超越爱憎之念，能任运无碍地过活。

我们喝罗汉汤，应有罗汉的心胸。

生一盆火

在最黯暗无光的所在，最能看见自己清亮无尘的心灵。

在越安静无声的地方，越感觉到自己的念头非常争吵。

在至顶的山巅，使我们有谦卑之念。

在沉落的深谷，我们看见了云天无限。

再给我加把盐吧！平淡生活时我这样说。

再为自己生盆火吧！在心灵冰雪之严冬，我告诉自己。

纯粹的法门

在西藏有一则故事，是说有一位噶当派的祖师有一天比平时卖力地打扫佛堂，因为他知道有位大功德主即将来访，而他心里想："如果我把佛堂打扫得更干净，这位施主一定会捐赠更多的金钱。"于是，他花了许多时间把佛堂打扫得焕然一新。

打扫到快完成时，他突然顿悟到这是不清净的想法，不应该为了得到别人的布施而打扫佛堂，他抓起地上的灰尘往佛堂撒去，佛堂又恢复了旧观，祖师则拍拍手离开了。

我很喜欢这个故事，因为它说明了人的动机最重要。打扫佛堂原来是一件神圣庄严的事，但因为有企求布施的心，心灵反而受到污染。外相的行为虽然也是重要的，若是动机不纯正，就仿佛恶人的衣冠，再好也无法改变它的本质。

还有一个西藏故事：有一位上师已有很高的证悟，具有他心通的能力。他的弟子中有一位专诵六字大明咒，非常精进，几乎整日口不离咒。

上师把弟子叫来，对他说："你的咒诵得很好，可是最好修一些纯粹的法门。"

于是，弟子就改修读经，仍然是非常精进，终日不离经典，希望借不断读经来证悟成佛。

上师知道他的意念，把他叫来："你的经读得很好，但你最好修一些纯粹的法门。"

弟子听了上师的话，又改习禅定，过了一段时间，上师仍劝他修一些纯粹的法门。

大惑不解的弟子就去请教上师："什么是纯粹的法门呢？难道诵咒、读经、禅定不是纯粹的法门吗？"

上师回答说："动机里没有自私的意念，纯净地为众生而修行，做到完全无我，这就是纯粹的法门。"

所谓纯粹的法门原来是完全的利他之心，只要丝毫为己就是不纯粹了。

谨慎行事当然是修行人的重点，但清净的内心则是修行人的根本，如果心不清净，行为就有污点，就会带来痛苦和烦恼，像念咒、读经、禅定、清理佛堂如此纯粹的事，都应该有更纯粹的基础，何况是世间那些本来就很不纯粹的事呢？

及　时

近人陈建民居士有一首诗《悼老丐》，我非常喜欢：

老丐吹箫搏小资，

年来气力已难支，

忽传饿毙松林里，

始悔从前未博施。

写的是他听见了路旁老乞丐因饥饿死在松林里，懊悔自己从前没有好好布施这位乞丐。这首词意简洁的诗，很能给我们一些启发，就是做什么事都应该"及时"，此时此地有意义的事，到彼时彼地可能就成粪土了，因此，此生此世应为之事，也不应寄望到来生来世。

世人只知道要及时行乐，但不知一切行为都应及时，"及时"的精神就是"当下"的精神，也正是"好雪片片，不落别处"的精神。

陈居士另外有一首诗：

蚁虫原是阿弥陀，

敢谤弥陀别有多；

供罢红糖何所见？

黄金为地在娑婆。

劝勉净土行者应该对待一只蚁虫的慈悲犹如崇敬阿弥陀佛的心情，如果不能在最细微处有慈悲，就很难与阿弥陀佛相应。最令人动容的是后面两句，当我们为蚁虫供养了红糖，蚁虫所见的世界就如同是黄金遍地的佛国了。

对蚁虫而言，红糖铺地就是它的净土，因而净土究在何处？自然是在心地，一个人心地"及时"在光明里、在慈悲中、在觉醒处，当时当刻，就在净土里了。能常常及时净土，就更有机会进入佛菩萨真实的净土了。

当我们起了善念慈悲时，不要隐忍走过，而要及时实践，因为说不定一走过去，明天就听到老丐饿死在松林的消息。

"及时"说的不只是心念，而是实践！

自在人

终日吃饭，未曾咬着一粒米。

终日行，未曾踏着一片地。

与么时，无人我等相。

终日不离一切事，不被诸境惑，方名自在人。

这是黄檗禅师的话，"自在人"不是不吃饭不走路的，也不是终日无事的，又要吃饭睡觉，又要做一切事，又要自在，这才最难。

色身虽在尘旁，内心恒常清净，是自在人。

自在人在生活中，是百花丛里过，片叶不沾身。

知　识

知识就像手电筒，它只是人走黑路时用来照亮脚前的工具，它方便实用，却没有远识和洞见心灵的特质。

许多在黑暗中得到手电筒的人，往往高估它的价值，他们挥着它乱照乱舞，忘记照自己的脚下，结果常常导致坠崖的悲剧。

有知识是不够的，看看现代许多受苦的知识分子就知道了。解除知识的束缚，比学习知识要难得多。

一条路

我隔了一年到一个山地部落去，发现整个部落包括生活、思想、景观完全改变了，使我大吃一惊。

原因是通往部落的小山路改成了柏油路，汽车可以到达，汽车一来，什么都变了。

路一改，整个社会都改了。

路一变，人心也整个变了。

一个世界的改变有时是因铺了一条新路，因此世界是可破可立的。

一个人的命何尝不是如此，立志改走一条路，命也就整个改了。

草先萌

垦地播种的人都有一个经验，花未发而草先萌，禾未绿而草已青。

那草是不是从空中来的呢？

不是凭空有草，而是草的种子先在土地里，垦地时它就长了，播种时它已冒出头来。

同样的，一个人垦殖心田，常是草先萌长，那是人的心田早有障蔽，这时要努力除草，勿令恶念蔓延，花才有开的机会。

大地的掌声

登狮头山时，突然下起大雨。

雨中的阶梯无处躲藏，只好任雨淋湿。

这时清楚地听见雨声了，仿佛是拼命在鼓掌。

我们总是在舞台下鼓掌，却总忘记为自己鼓掌。

在没有舞台的地方，大地也自己鼓掌。

我们应学习，爬险阶时，常为自己鼓掌。

在暗处，给自己一些掌声，在明处，也为自己鼓掌。

盘旋的汽车

我站在远方的山上，看另一座山盘旋而上的汽车，那汽车时而转到我眼前，时而转到山背面。

转到山背的汽车，不是消失，只是看不见罢了。

盘旋上山的汽车开了整整一个小时，由于距离远，感觉上只是穿梭的刹那！

人的轮回也可以如是观，轮回永不消失，只是有时在背面，不被看见。

了　意

见性一转三千卷，
了意一刻百部经。

　　一切的经典都没有见性了意来得重要，但是见性了意的人必须有实践才算完满，光是见性了意，就会偏离人间。因此，知法一丈，不如说法一尺；说法一尺，不如行道一寸。

第一义

许多人都把出世法称为"真谛"，把入世法称为"俗谛"，又有人把"真谛"称为"第一义谛"，把"俗谛"称为"世谛"。到后来，甚至有人认为出世法胜过入世法，而第一义谛和世谛是有差别的。

这是值得思考的问题。

佛陀在《大般涅槃经》里答文殊菩萨之问，曾斩钉截铁地说："世谛者，即第一义谛！"佛陀进一步说："善男子！有善方便，随顺众生，说有二谛。善男子！若随言说，则有二种，一者世法，二者出世法。善男子！如出世人之所知者，名第一义谛。世人知者，名为世谛。"

多么好的定义，出世法并不是脱离世间的法，而是世人不知道的法，不可思议的法；如果把脱离世间当成第一义，却把入世当成俗人所为，就违背佛陀的原意了。因此，修菩萨行的人深入了解世法或出世法都是应该的。

《大品般若经》里，须菩提问佛说："世尊！世谛、第一义谛，有异耶？"

佛陀的回答是："须菩提！世谛、第一义谛，无异也。何以故？世谛如，即第一义谛如。以众生不知不见是如故，菩萨摩诃萨，以世谛示众生若有若无。"

因此，修行人要注意：不要轻忽任何一个世人，不要小看任何一件俗事，第一义谛就从真谛和俗谛的同时尊重来的呀！

不　大

宣化上人说："当我第一次听到梵文'佛陀'（Buddha），就觉得读音好似'不大'。此'不大'意谓无贡高我慢。佛是无人、无我、无众生、无寿者相，故不大亦不小，非去非来；来而未来，去而未去。尽虚空偏法界，无不是佛之法身所在，无在而无不在。不但在此世界，乃至于无量无边之微尘世界，都是佛的法身周遍。"

真是说得好，唯其不大，才能遍满虚空，也唯其不大，才是最大。

我第一次看"佛"这个字，拆开来是"弗人"，也就是"非人"的意思，感到很大的震撼，人的最高至极的境界竟是"非人"，那表示人实在是一个束缚，如果能解开做人的一切束缚，就是佛了。

"不大"也是如此，每次呼吸进入胸腔的空气大是不大？秋晨中挂在绿叶上的朝露，大是不大？这些都不大，但纵使我们走遍世界，都还呼吸着空气，都可以看到露水。

打得开，不大就是最大。

打不开，再大也是小的。

上报众生恩

佛教里有一个回向偈：

愿以此功德，

庄严佛净土，

上报四重恩，

下济三涂苦。

若有见闻者，

悉发菩提心，

尽此一报身，

同生极乐国。

这里面的"上报四重恩"颇引人深思，在《心地观经》里说四重恩是：一、父母恩；二、众生恩；三、国王恩；四、三宝恩。这使我们知道佛的教化有深刻的人间性，佛法僧三宝是佛教徒认为最重要的，但经典里却把父母、众生、国王放在三宝之前，可知一个人如果不能报答父母的养育之恩、众生的护持之恩、国家的安定之恩，那么这个人说他竟能报答三宝之恩就很难真实了。

尤其是"上报"这两个字应该记住，修行者若把自己摆在众生之上，只能"下化"，不能"上报"，就扭曲了佛的教化，因为若无众生护持，不要说修菩提大道，我们连活着都十分艰难呀！

《劝发菩提心论》说：

> 我与一切众生，无始以来互为眷属、父母、六亲，乃至师友。而彼众生常为我身作大饶益，或顺我志，令我欢喜；或逆我志，令发道意；又能示现一切极苦相貌，令我惊觉，不生贪著，发于阿耨多罗三藐三菩提心。是故众生恩德亦复无量，不可言说。

真是令人动容的见地！

我时常惊醒自己：面对众生，要牢牢记住"上报"这两个字。

坚固妄想

《楞伽经》里说：

> 妄想自缠，如蚕作茧。

妄，是与"实"相对的，也就是由于分别而取种种之相，不能看到事物的实相。

人最大的妄想是什么呢？

《楞严经》说：

> 一切众生，从无始来，生死相续，皆由不知常住
> 真心、性净明体。用诸妄想，此想不真，故有轮转。

因为陷在不实的妄想里像被火烧炙一样痛苦，叫作"想阴炽盛"。而对妄想的执着坚持难以打破，则叫作"坚固妄想"。

人困在妄想里，就像蚕作茧自缚一般，可是茧仍然容易咬破，蚕蜕成蛹，自然咬破了。有些坚固妄想不只是茧，而是违章建筑，不论盖得多坚固，仍然是搭在一个不实的基础上，可叹的是住在坚固妄想里的人，总抗拒外面的世界，有如住违章建筑的人对抗拆除队，无理，却不肯退让。

还有一些特别想阴炽盛的人，仿佛随身都带着砖块，他想到哪里，违建就盖到哪里，拆不胜拆。时间一久，叫他盖一幢合法的建筑，他也不会盖了。

妄想多和妄想坚固的人，要格外努力才能看到实相。

病苦魔

　　读《祖源禅师十魔乱正》，指出了修禅会遇到的十种魔事，第八种魔事称之为"病苦魔"，是说修行者应该使身体健康，否则身心不安，学道有碍。

　　他开出了如何保养身体的方法，对现代一般人也非常有用，摘记于下：

　　　　调理脾胃节择饮食，少食厚味且忌生冷。

　　　　饥莫读诵，饱莫负重。

　　　　食后勿睡，宂忌饱餐。

　　　　好吃腐烂、爱食煎炒、偏贪五味。

　　　　强用非物湿地坐禅。

　　　　风处打睡，汗出入水。

　　　　受暑贪凉，当风沐浴，露卧星下。

　　　　大饥、大饱、大喜、大怒。

大寒、大暑、大雨、大露。

内伤外感，一切失调。

祖源禅师特别指出，身体多病固然是"业衍"，但自己失调也会变生百病，那就与业没什么关系了。

我觉得现代人大部分的病来自饮食，而其中最值得注意的是"厚味""生冷"——尤其是现代孩子的病，多是来自吃冰冻食物，值得注意。

每天都是莲花化生

一群人围在一起念佛，佛声远扬，一位法师走过来，突然问："你们念佛做什么呢？"

这一问，使大家都沉默了，一位善男子说："往生西方净土。"

法师说："往生净土是为了什么呢？是为了享福吗？"

众人默默。

法师说："你们在这里要好好做事呀！你们到净土去就无事可做了，因为净土的菩萨、贤圣、善人修行都比你们好，没有人需要你们的布施、救度，这里有这么多人需要你们的布施、救度，好好做吧！"

说完，法师走出人群，却又回头问说："往生净土是从什么生出来？"

"是莲花化生。"有人说。

"要做到每天都是莲花化生，往生净土才有希望呀！"

说完，他的背影就远了。

那天从寺庙出来，突然听见小店播放流行歌曲，有这样两句：

怎么走都会有路，

看今天有如梦醒。

众　生

　　"我们一直把功德回向众生，我们不就没有功德了吗？"人问法师说。

　　"你不也是众生吗？"法师说。

　　"我们把一切都供养菩萨，我们还有什么呢？"人问法师说。

　　"你供养的时候，自己就是菩萨。"

能　仁

世尊释迦牟尼，在梵文中，"释迦"有"能仁"之意，"牟尼"是"寂寞"之意。

能仁、寂寞，实际上是佛教的根本。

能仁，是慈悲。

寂寞，是禅定。

所以，佛弟子以"释"为姓，应时时记得"能仁"，能者大行大愿，仁者大智大悲，悲智行愿具足才是能仁。

菩萨与凡夫的界限，就在前者能仁。

俗情一了

在寺庙门口看见这样一副对联:

世态若空即清净
俗情一了即成灰

吃了一惊,真的,我们在俗世中的情感一了结,不都化成灰烬了吗?可悲者,是没有俗情不了的,因为人生是如此短促。

人生苦短,是人生最大的悲剧,面对这个悲剧,唯有觉悟,才能快乐地过活。

在人生的痛苦中还能觉悟、能快乐,并能使别人也觉悟、快乐的人,是最勇敢的人。唯有这样的人,才能在成灰的俗情中看见清净的空性;也唯有这样的人,才能在寒冷的情之灰烬中,保有温热无畏的性情。

不可坏心

　　菩萨住此现前地，复更修习满足不可坏心，决定心，纯善心，甚深心，不退心，不休息心，广大心，无边心，求智心，方便慧相应心，皆悉圆满。

　　菩萨发如是大愿已，则得利益心，柔软心，随顺心，寂静心，调伏心，寂灭心，谦下心，润泽心，不动心，不浊心。

　　此菩萨于诸众生发十种心。何者为十？所谓利益心，大悲心，安乐心，安住心，怜悯心，摄受心，守护心，同己心，师心，导师心，是为十。

　　这是从《华严经》抄下来的几段，可以让我们看见菩萨的种种心，我们要看看自己是不是能学习菩萨，只要看是不是具有这些心就行了。《楞严经》里也说：

妙圆纯真，真精发化，无始习气，通一精明，唯以精明，进趣真净，名精进心。

心精现前，纯以智慧，名慧心住。执持智明，周遍寂湛，寂妙常凝，名定心住。定光发明，明性深入，唯进无退，名不退心。

心进安然，保持不失，十方如来，气分交接，名护法心。

觉明保持，能以妙力，回佛慈光，向佛安住，犹如双镜，光明相对，其中妙影，重重相入，名回向心。

菩萨的心真是不少，在《大日经》里，大日如来答金刚手菩萨之问，甚至把心分成六十种，又大别为"善心、恶心、清净心"三类，其中善心与清净心是菩萨的心，可知菩萨的心是一直走向善与清净之路。

这么多的心，总名就叫作"菩提心"，凡具有善与清净质地的心行都是菩提心的本质，正如《华严经》所说："菩提心者，犹如一切佛法种子。"

具有菩提心要到什么地步呢？《师子请问经》说："由何一切生，不失菩提心，梦中尚不舍，何况于醒时？"要做到即使在梦中也不舍菩提心，醒的时候更不要说了。

菩提心之所以可贵，是在于它坚固不坏，我深信，一个人只要发过一次菩提心，它必会成为顺净的种子，总有一天会生出菩萨的芽苗，若智若悲，皆不退坏；或常或住，皆悉圆满。

单纯之不易

读赵州从谂禅师的公案，有几个非常有名：

一

僧问："学人迷昧，乞师指示。"

师云："吃粥也未？"

僧云："吃粥也。"

师云："洗钵去。"

其僧忽然醒悟。

二

师问新到："曾到此间么？"

曰:"曾到。"

师曰:"吃茶去!"

又问僧,僧曰:"不曾到。"

师曰:"吃茶去!"

后院主问曰:"为什么曾到也云吃茶去,不曾到也云吃茶去?"

师召院主,院主应:"喏!"

师曰:"吃茶去!"

三

问僧:"一日看多少经?"

曰:"或七八或十卷。"

师云:"阇黎不会看经。"

曰:"和尚一日看多少?"

师云:"老僧一日只看一字。"

从前不太能体会这些公案,今天忽有所悟,原来赵州的教化是在说"单纯"两字。禅者的首要在单纯,想那么多干什么,只要自心泰然,了了见之,则单纯地生活着就够了。正如有人问他说二十四小时是如何用心,他说:"汝被十二时辰使,老僧使得十二时。"(你被二十四小时所转动,我却转动二十四小时)他还说:"老僧行脚时,除二时粥饭,是杂用心处,除外更无别用心处。"

多么好！不杂用心不正是单纯吗？

关于这一点，黄檗希迁禅师说得很好！

　　凡人皆逐境生心，心随欣厌。若欲无境，当忘其
心，心忘则境空，境空则心灭。不忘心而除境，境不
可除，只益纷扰耳。故万法唯心，心不可得，复何求
哉？……凡人多不肯空心，恐落空，不知自心本空。
愚人除事不除心，智者除心不除事。

所以，历代祖师都是单纯的人，我们要入菩提，要先直心，先成为一个单纯的人。

燃香点戒

与一位师父谈起他头上的戒疤，他说戒疤有三种意义，一是燃身供佛；二是破除对外相的执着；三是难行能行、难忍能忍，若能忍得住烧戒疤之苦，就是行菩萨道的初步了。

燃烧戒疤时要念一首偈：

假使热铁轮，

于汝顶上旋；

终不以此苦，

退失所发愿。

这偈真美，我们虽不是出家人，但每天燃香的时候，看到香火微光，若摇动香炷则香头顿时成为火轮，香气一时四散。在香的微光中我时常想起这首偈，但愿自己也能有那样不退的志愿。

情·感·禅

　　情，是心青，一个人的心地能辽阔如青草，就能包容人间的一切，真心地对待。

　　感，是心咸，一个人对外在所对映的一切都是心的作用，是一切由心的意思。

　　禅，是单示，是简单的表示，简单的意念。

坚定的心

有许多无形的力量，如爱、恨、情、仇，其实都是不存在的，但心里一发出，它就有了。

想善用这些力量，要先有一个坚定的心。

无所不在

美丽，无所不在。

丑陋，也无所不在。

爱，无所不在。

恨，也无所不在。

因为，心念无所不在。

一个人心地光明，他的世界就有阳光照耀；一个人心地幽黯，他就会在阴暗的世界中萎缩。

真心的对待

每个人一生总有几次真心对待，最开始的几次差不多都会失败。

失败的时候，有的人充满了怨恨，有的人则生出更广大的爱。

有怨恨隐藏，就不再有真心的对待了；而有了更广大的爱，就进入慈悲的真实。

当我们对一切的众生、一切的事物都能无别地真心对待，就是菩萨了。

闭　关

只有心地足够自由的人，才有资格闭关。

闭关不是要把自我关闭，而是要在最有限的空间中开启自我最大的潜力。

金丸打雀

有一位富家子，把家中的黄金拿来制成金丸，然后到外面去打鸟。

大家都觉得富家子非常愚痴，因为黄金比起鸟雀要值钱得多，怎么笨到用黄金丸去打鸟呢？何况，以金丸打雀还不一定打得中。

这是佛经里的故事，它象征世上的人用宝贵的生命来追求名利权势是愚蠢的行为，是以无价的生命换取有价的东西，恍若是愚人用金丸打雀一般，金丸射出后必失，鸟雀则未必能中，生命就在无知中失去了。

这个世界上，生命是最值得珍惜的，应用来做有意义的觉悟与追寻，读这个故事使我深思，也使我警惕。

业

业，就是我们从前欠这个世界的债。

障，就是我们往昔因为欲望而造成的盖子。

因，就是我们过去种在心田的种子。

果，就是我们现在与将来的收成。

缘，就是与世间相流动的电流。

空，是我们舍去了一切所得的真实，也是我们得到了一切之后的舍弃。

没有任何现象是无意义的，为恶时的喜是悲剧的开始，行善时的悲心则是一切喜乐的根苗。

没有任何存在是毫无理由的，我们欠这世界的债，必会偿还，在还清了一切之后，莲花才从水面开起。

大雁塔

唐朝贞观年间建于西安的大雁塔，有一个美丽的传说：

传说有一天是一位大菩萨舍身的日子，寺里的法师和信徒都到寺前纪念。正在大家聚集一起的时候，一群人字的雁子从天空飞过，有一位僧人起了一个念头，开玩笑对旁人说："我们生活艰苦，一直不能饱腹，菩萨也应该知道吧！尤其今天是他舍身的日子。"

他的话声刚落，空中雁群里的一只雁子突然笔直地坠落，当场触地而死。

众人为这突来的景象惊悚莫名，当然没有人敢把这只雁子饱腹，不仅以一种虔敬的心，埋了那只雁子，还在雁子坠落的地方盖了一座大塔，这就是留存到今天，中国最伟大的佛塔大雁塔的缘起。

这个故事也令我惊悚，修行者的念头是多么重要，使我想到《华严经》中说：

菩萨如是念念成熟一切众生，念念严净一切佛刹。

念念普入一切法界，念念皆悉遍虚空界。

念念普入一切三世，念念成就调伏一切诸众生智。

念念恒转一切法轮，念念恒以一切智道利益众生。

念念普于一切世界种种差别诸众生前，尽未来劫现一切佛成等正觉。

念念普于一切世界一切诸劫修菩萨行不生二想。

好一个念念！就是珍摄每一个念头、清净每一个念头、发行每一个念头。而遍虚空界，每一个念头都是为了供养佛菩萨和利益众生，没有一个念头是为了自己，这才是念念。

只要念念不忘利益别人，菩萨的修行并没有公式，我们从一只雁子落下的姿势，看见了坚固的菩萨行，也看见了，菩萨飘逸衣角时那样超凡之美。

菩萨的一世有如雁子，常常只是一念。

急

在高速公路驾车，是心惊的经验。那是可以清楚地感受到一个字：急！急！急！

为什么这世界上的人都这么急呢？那按着喇叭冲刺的人是要赶去哪里？那斜刺里飞出的汽车是在追逐什么？

这是速度的急。有时心情更急，看街头红绿灯前喷烟的汽车，左闪右闪穿来穿去的人群，觉得在这样交叉的时空里，令一些即使无事的人，脚步也匆匆起来，心情也急了起来。

有一次和几位朋友步行去喝咖啡，大家都急速地走着，我不免问道："这么赶，要干什么呀？"

"要去喝咖啡呀！"几位朋友都诧异地看我。

我们就急促地走了十几分钟，到咖啡厅坐定还人人气喘吁吁，接下来花了两小时谈一些没啥意义的闲天。我说："我们要喝咖啡聊闲天，其实刚刚不必走那么急。"大家面面相觑想了一下，"对呀！我们干吗连喝咖啡都急得满头大汗呢？"

大家都为这种不自觉的急感叹起来。

最后，作鸟兽散了，我看到刚刚感叹过的朋友都放开大步，急急走上前去。

如果，求觉悟有这么急就好了，我想。

真实之口

意大利罗马有一个有名的人面雕刻，名叫"真实之口"，是老人张开大口的雕像。

传说情侣同时把手伸进"真实之口"，若有一方不是真情，手就会被咬伤。每一对情侣到了"真实之口"都会把手伸进去拍照留念，但是千百年来并没有人被咬伤。

这是不是表示所有的情侣都是真情呢？

当然不是！

它意味着：真实的情感只是人性普遍的向往。而且，情感的真实是无法考验的。

两只眼睛

情感是我们心的眼睛。

智慧是其中一只,慈悲是另一只。

当我们过度钟情的时候,一只眼瞎了,因为钟情使我们痴。

当我们生起怀恨的时候,另一只眼瞎了,因为怀恨使我们嗔。

一个爱恨强烈的人,两眼就会处在半盲状态。

在我们从爱欲中得到菩提,有更广大的爱时;在我们连那些可恨的人都能生起无私的悲悯时,我们心的眼睛就会清明,有如晨曦中薄雾退去的湖水。

最可怕的鬼故事

读书的时候，住在宿舍，最喜欢大家聚在一起讲鬼故事。

有一次，把灯熄了，点蜡烛，规定每个人讲一则听过的最恐怖的鬼故事。

那时是盛暑，讲到最后，讲的人汗毛竖起，听的人冷汗直冒。

最后轮到姓廖的同学，他脸色铁青，颤抖地说："刚刚你们说故事的时候，我看见你们说的鬼就站在你们后面！"他一说完，大家惨叫一声，全逃出门去。

从那时起，我就不再讲或听鬼故事了。

我们的耳朵应该用来听好的声音，嘴巴应该用来说温暖的故事，眼睛应该用来看光明的事物，鼻子应该用来闻清雅的气味。这样，我们的身体才能维持清净，我们的心才能与美好的世界感应。

让好花开放吧！

让小鸟歌唱吧！

让美丽的雪花落下吧！

让灿烂的阳光照射吧！

让我们的身口意都回到最素朴之处，听闻来自心海的歌声！

红蜻蜓

童年时唱过一首童谣，记得其中的几句：

> 黄昏时红蜻蜓飞来飞去
> 我的姊姊十五岁时就嫁出去了
> 从此我们再也没有她的消息
> ……

总觉得那仿佛不只是一首歌，而是一个长篇故事的开头，当然，它大概是一个悲剧。

从此，看到红蜻蜓就有种特别的感受，仿佛红蜻蜓象征了某些血泪的过去。

很久没有看过红蜻蜓了，最近在乡下的雨后看见一大群飞来飞去，那几句歌词又浮出来，在虚空中自己流动着旋律。

时间就像从未过去，凝结在童年的某一点上，带着一些悲剧的血的颜色。

针叶树

我们回想起生命的某段时间，有时感觉那段时间什么也没留下，只留下一本书或一场梦。

我们回想起情感的某个场景，有时忘记了情侣的表情和眼神，仅剩下一瓣花瓣或一朵云彩飘过的蓝天。

我们回想起心灵的某次受伤，有时已遗失了受伤那么严重的理由，只留下奔流的河水或水上的一片枯叶。

今天走过一片针叶树林，突然让我想起有一年的冬天，在针叶树的行道路上，一个少女背着我走向远处，我一直站着看她消失在我的视线外。

我抬起头来，看到天空刺眼的明亮，才知道自己的眼睛湿了，感觉到那两排针叶树的每一支针都用力扎进我的心，痛彻肺腑。但也在那时我许下愿望，要让自己的心灵像针叶树的针，每一支都向光明与高处生长。

现在我已完全想不起那位少女的五官，却清楚记得针叶树向上生长的样子。

小孩子的心境

我每次看到天真无邪的小孩子，都会想到《金刚经》中的话："应无所住而生其心"，"过去心不可得，未来心不可得"。对于我们这些大人要花费半生心血才能体悟到的东西，孩子天生已具足了。甚至像禅宗说的"当下即是""无牵无挂"，在孩子的心境上也可看见。

近读思想家唐君毅的著作，看到他写孩子的片段，他说："有人说天才便是时时能恢复童年心境的人。""我想小孩子的心境有几点特征：一是能忽然忘了过去之一切，纯粹沉没现在。二是对于极简单的事发生浓厚兴趣，因他能将全生命向一点事贯注。三是莫有未来的忧虑，所以小孩子与宇宙本体最接近。人能常有小孩子的心境，便可以不要学哲学了。"他提出的这三点都与"禅"的某些本质接近，可见，小孩子的心境是颇具禅味的。

唐先生又说："人要回复小孩子的心境，第一是要少忧虑，第二是要从容。"

我想，人要修行也是如此，太忧虑和太焦虑的人是难以修行的。

正如禅师说的："快乐无忧是佛！"

说得那么好，孩子是快乐无忧的，看到孩子我们也应该生起佛想。

被箭射中

古代战场上，一个兵被敌人的箭射中了，他的同伴赶过去救他，发现这个被箭射中的兵不但没死，也没有受伤，甚至不痛也不流血，大家把他身上的箭拔起，他原来患的在别处的病反而被治好了。

后来又有一个兵这样。

后来又有许多的兵是这样。

有一些比较敏感的兵留心到这种现象，加以研究，就发展成针灸，传说这已经是两千六百年前的事了。

我喜欢关于这个针灸来源的传说，在我们生命的过程里也是这样。有时我们会被箭射中，但是箭不一定能射伤我们，反倒可能激发我们新的力量，治疗我们旧的伤痕。

我还喜欢针灸对人体全然的观点，倒如针灸麻醉，进行眼睛手术，针是插在耳朵后面；进行颈部手术时，针是插在手上和脚下；进行卵巢手术时，针是插在鼻梁两端……身体各部分都有神秘的关联，精神何尝不是如此呢？

因此，我们反观自己的身、口、意应有一个全然的观点。

偶然的一念

我们所发出的一念菩提心，在这宇宙中永不消失。

我们所生起的一念恶心，在这宇宙中也永不消失。

虽从现实的角度看来，一切不免无常，好像一切都过去了，但曾经存在过的东西就会在心识里永远存在，除非它从心识中拔除，犹如禾田中除草一般。

一个人的人格伟大固可敬佩，但可敬佩的人格常来自偶然的一念，就是心念自然态度的流露，偶然的一念看来不甚重要，但往往能透露人心灵的深度。

偶然的一念，有如开花之刹那、闪电之亮光、流水之入海、彩虹之映现、露水之反光，往往能有极美的展现。但偶然的一念，也会如花朵之凋落、黑暗之来临、海啸之飞扬、大地之裂痕、火山之喷溅，常常也有极坏的发展。

偶然的一念，其实可以反映全人格。

我们都期望好的事物可以永远存在。

我们都期望坏的事物可以立即消亡。

但很少人知道好坏常是来自偶然的一念。

悟，来自偶然的一念。

迷，来自偶然的一念。

超凡入圣的人，念念清明，那是使相对偶然的一念变成绝对必然的空明罢了。

在欲而行禅

我多么喜欢《维摩诘经》里的偈：

火中生莲华，

是可谓稀有。

在欲而行禅，

稀有亦如是。

火中能生出莲花，是多么稀有而可贵，但是一个人能在欲望中修习禅定，其稀有可贵正如火中的莲花。

禅并不是一个特定的东西，不是一个特定的姿势，不是一种特别的法，禅是无所不在。在欲中也可行禅，这是多么伟大的启示。

这是为什么当维摩诘看到舍利弗在林中宴坐树下时，对他说：

不于三界现身意，是为宴坐。

不起灭定而现诸威仪，是为宴坐。

不舍道法而现凡夫事，是为宴坐。

心不住内亦不在外，是为宴坐。

于诸见不动而修行三十七品，是为宴坐。

不断烦恼而入涅槃，是为宴坐。

因此，心的打坐比腿的打坐重要得多，所谓的"不倒单"不是硬撑坐到天明，二六时中都在定里，躺着也是"不倒单"，"不倒单"因此不是身体躺不躺，而是心倒不倒。

当维摩诘说到菩萨，"或现作淫女，引诸好色者；先以欲钩牵，后令入佛智。"

说到魔王，他说："十方无量阿僧祇世界中作魔王者，多是住不可思议解脱菩萨，以方便力故，教化众生，现作魔王。"

说到乞丐，他说："如此乞者，多是住不可思议解脱菩萨以方便力而往试之，令其坚固。"

处处都是令人击掌的论点，生在婆婆世界没有什么不好，只怕没有清净的心；欲望没有什么不好，只怕不能以智慧调伏；甚至堕落也没什么不好，只怕不能在堕落中得到学习而向上超越。

其实，这世界没有什么真正不好的事物，正如禅心不必在林中，也可以从欲望中生起。

有 光

清晨缘溪而行

溪水中有光

露珠里有光

草叶间有光

滑入胸腹的空气都有光

光四处流淌

来自太阳也来自心

我看见

一草尖撑一轮朝阳

一丝光系一座须弥山

遥远的梦

春天的时候，开车从南投的埔里到水里，左面是山，右边是山谷。

到处都是草和树的香气，阳光下的花格外的艳美，空气极清净，流动着小提琴声一般地从车窗里穿过。

那时感觉到人能活在阳光、绿草和干净的空气中是多么幸福的事——这原来应该是非常自然的，但却成为大部分现代人的遥远的梦。

总有一天，人会把追求阳光、青草、空气当成是最重要的事。

鸟与音乐

看见鸟飞的时候，我的耳朵总是自然响起音乐。

稻田里白鹭鸶飞翔的姿势，使我听见了小提琴的声音，从容、优美，而有自尊。

雨后剪着尾羽的燕子，时张时弛，使我听见了钢琴的声音，欢愉、跳跃，而昂扬。

山谷里盘飞展翼的鹰，使我想起了大提琴的声音，喑哑低沉，带着一些孤寂与淡淡的忧郁。

追着渔船波浪的海鸥，使我想起了竖琴的声音，繁复但理性，有着生活的雅韵。

屋边成群的麻雀，它们热烈地交谈，使我听见了庙会里的北管，急管繁弦，仿佛进香的人潮。

黄昏出来觅食的蝙蝠，使我听见了洞箫的声音，呜呜的，带着沉重没有目标漂流的感觉。

在高楼大厦上面绕圈子的鸽子，使我听见了胡琴，缠绵、反复，带着无奈。

有一次在垦丁公园看成群的候鸟，此起彼落，竟听见了琵琶声，声声都有关外的风。

而常常在听音乐的时候，闭上眼睛就看见鸟飞翔的样子，有时配着海浪，有时配着平原，有时配着森林……

每在这些时候，我总觉得人的五官并没有分别。

最有禅意的

最有禅意的饮料是茶——味永。

最有禅意的运动是射箭——红心。

最有禅意的动物是乌龟——定境。

最有禅意的休闲是围棋——静虑。

最有禅意的花卉是昙花——当下。

最有禅意的植物是竹子——有节。

最有禅意的昆虫是蝴蝶——蜕变。

最有禅意的种子是菩提子——不坏。

最有禅意的风形是落山风——顺势。

最有禅意的算术是微积分——难算。

最有禅意的细胞是变形虫——无住。

最有禅意的水果是榴莲——风格。

最有禅意的服装是长袍——飘逸。

最有禅意的感情是失恋——苦尽。

最有禅意的电器是熨斗——平安。

最有禅意的用品是镜子——观照。

最有禅意的星球是月亮——遍照。

最有禅意的排泄是屁——无相。

最有禅意的……——空。

十指成林

郑板桥曾在寺庙里写过一个横匾——十指成林。

十指成林，是指人的双掌一合十，就像树林那么辽阔而伟大，在林里，有风、有鸟、有阳光，还有自然的生发。

人的双手合十，是合十念为一念，就是把杂念合而为一，表达了对佛菩萨以及自我的恭敬与期待。

当一个人能把杂念合为一念，就是禅宗说的"置心一处，无事不办"，也是"十方三世不离当念"。

在双掌，合十是没有间隙；在内心，合十是纯粹无所用心。

合十，可以极小，小到针尖；也可以极大，大到成林。

一切人类的文明与创造全是来自十指成林。

十指真的可以成林！

爱与恨

要爱一个人需要很长的时间，要恨一个人却只要一秒钟，所以把从爱到恨的过程叫"反目"，反目其实只是一眨眼的事。

爱人不易，但是使爱淡化所需要的时间很短；恨人容易，但要使恨褪色的时间却很长。

爱可以使人颓废而意志消沉，恨也可以。

爱可以激发人新的力量发挥潜力，恨也可以。

爱能令人疯狂失去意志，恨也能。

爱能令人脸红手足无措，恨也能。

爱恨的面目虽然有所不同，本质却是一样的，一个爱情激烈的人通常仇恨也很激烈。

要包容仇恨，先要能有爱的宽容。

仇恨的仙人掌通常是开在爱的沙漠；博爱的莲花却是从仇恨的污泥中穿越。

人不必一定断除爱恨，但人要努力地使爱澄澈如清晨的水面，使恨明朗若午后的微风。

卷二　曼陀罗

愿做自由花

经过中部大平原，突然看见在稻田中有一大片金黄色的花，在阳光中格外耀眼，停了车，从田埂走到花中，仿佛走进一个金黄色的梦。

仔细看，才知道原来是青花菜所开出的花，我们平常在市场看见的白花菜、青花菜都是一球球的，往往让我们忘记原来它们是花。因此看到眼前这一片青花菜令我感到吃惊，十字形的花朵从团团的菜花中抽放出来，拉高竟到了人的腰际，开得非常非常繁密，但因有高低的层次，并不让人感到拥挤。在绿色的稻田里，这一片金黄色的菜花有如闪电一般，有慑人之美。

它占地约有一亩，又在早春的风中摇曳，使我看见了土地的温柔与源源不绝的生机。

站在田中面对这一片青花菜的黄花，我思索着它被留下来的理由，有可能是菜农要收成青花菜的种子，也有可能是稻田保存地力的轮替，还有可能是菜价低贱，农夫懒得收成而任其开花怒放。

不管是什么理由，青花菜被留下来是唯一的真实，它比所有的同类幸运；大部分的青花菜没有开花的机会，花苞结成就被采收了，因此，大部分吃青花菜的人没有机会看见这大地上的美丽之花。这片青花菜何其幸运，是同类中仅有的自由花，我又何其幸运，能看到它毫无顾忌地怒放，这无非是一次殊胜的因缘呀！

当我继续开车前行，眼前好像一直都看见那金黄色的影子，一闪一灭，这平凡的青花菜最令我动容的是什么呢？为什么它竟成为中部大平原上最耀眼的风景呢？

是它的自由！

当我看到青花菜的自由，感觉自己就像从束缚中被解放出来，我们大部分人就如同市场中的青花菜一样，在还没有完全开放时就被采收，因而不知道自己也可以开出最美丽的黄花。

人也可以自由开放吗？

当然！自由的开放可以说是禅者最主要的风格，乃至于可以说是佛教的基础，修行者最重要的就是自由，是无牵无挂、无拘无束、无碍无缚。什么是自由？自由不在境上，而在心中，自性清净的人不为境转，是为自由；证悟空性者，知悉无常迁化，就不会被外物所役、所捆绑了。

因为这样的自由，当我们看到禅师如是的对话，就不会吃惊了：

僧问："如何是三宝？"

潭州总印禅师："禾、麦、豆。"

僧问："如何是佛法大意？"

明州法常禅师："蒲花、柳絮、竹针、麻线。"

僧问："如何是禅？"

石头希迁禅师："碌砖。"

僧问："如何是道？"

径山道钦禅师："山上有鲤鱼，水底有蓬尘。"

僧问："如何是西来意？"

天柱崇慧禅师："白猿抱子来青嶂，蜂蝶衔华绿叶间。"

生命的真实里固已解脱了束缚，问答之间又何必有什么丝线呢？在自性的清净自由里，万事万物都是三宝、是佛法大意、是禅、是道、是西来意，其中并没有分别，因为有分别就有执着、就有相，就会生心，就偏离了自由。

我认为修行者可以用"六自"来说：自觉、自由、自在、自主、自信、自尊。

一切自由的开端是来自觉悟，等觉悟到自性清净本心时才能做自己的主人，自主之后才得以过无碍自由进退自在的生活，这时体会到生命的真意而有绝对的信心，也因知悉佛性本具有了生命的尊严。

但是自由自在不是放任，我们来看一个公案：

招提慧朗禅师造访石头希迁禅师：

问曰："如何是佛？"

师曰："汝无佛性！"

曰："蠢动含灵又作么生？"

师曰："蠢动含灵却有佛性。"

曰："慧朗为什么却无？"

师曰："为汝不肯承当！"

慧朗言下开悟。

好一个"为汝不肯承担！"自觉、自由、自在、自主、自信、自尊全是来自"承当"两字，承当不是我见我执的度量和计算，而是用无念的自我来面对客观的外境，是内外在世界的完全统一——最究竟的解脱是体证到圆满的自我生命，而进入解脱门的是即心即佛，心佛无二是最伟大的承当。

承当，就像青花菜昂然美丽地站在土地上。

承当，是坦然面对风雨，自在地盛放。

承当，是即使明日要凋谢，今天还能饱孕阳光，微笑地展颜。

作为花，就要努力开放，做为人，就要走向清净之路，这是承当。

那中部大平原的一亩青花菜的黄花，既有自由，又有承担，它站在那里默默地生长着，但它雷声一样地展示自己的自由，使我想起《金刚经》的一句：

"说法者无法可说，是名说法。"

蚂蚁三昧

烧香的时候，突然看见一队蚂蚁从庄严的佛像爬过，它们整齐地从佛的足尖往上爬高，从佛的胸前走过，然后走过佛的脸颊，翻越佛的宝髻，顺着佛背，最后蹑足由金色的莲花台上下来。

看这些无声的蚂蚁爬过佛像，我简直呆住了，仿佛听见几百个出力吆喝的声音，循声望去，原来它们是搬着孩子散落在地上的饼屑要回家去。我升起的第一个念头是想把它们吹落，因为佛像是何等庄严，岂容这些小蚂蚁践踏？但我的第二个念头使我停住了，这些蚂蚁都是佛陀口中的众生，佛告诉我们："佛与众生，无二无别。"我怎么能把这些与佛无二的众生吹落呢？第三个念头我想到了，这些蚂蚁是多么伟大，在它们的眼中，佛像与屋前的草地甚至是平等而没有分别的，它们没有恭敬也没有不恭敬，反而我对佛像的恭敬成为一种执着。其实依佛所说，我对爬着的蚂蚁或屋前的草地，都应该同样恭敬，《法华经》不是说"有情无情，同圆种智"吗？

于是，我便很有兴味地看着蚂蚁爬过佛像，走回它们的家，这时我又发现它们爬过佛像并没有特别的理由，反而是走了艰苦的路。为什么蚂蚁要走这条路呢？我想不通，后来知道了，原来平坦与艰苦的路对蚂蚁也没有区别，只有两度空间的蚂蚁，平地与高山对它都是平等。

坐下来的时候，我想到自己也只是一只蚂蚁。从前我总认为一般人在这个世界是走了平坦的路，我们学习佛道的人则是选择了艰苦之道。今后应该向蚂蚁看齐，要做到平坦与艰苦都能平等才好。

看蚂蚁时，不知道为什么就浮起"蚂蚁三昧"四字。

三昧，一般都被说是"定"或"正受"，心定于一处不动曰定，正受所观之法曰正受。但更好的说法是"等持""等念"。

平等保持心，故曰等持。

诸佛菩萨入有情界平等护念，故曰等念。

多么尊贵的蚂蚁，它们受到佛菩萨的平等护念，而且对佛像与草地有平等的心。

这使我悟到了，真正的三昧不是远离散动，而是定乱等持，在平静之境，善心不动固然好，在乱缘之中，能真心体寂、自性不动，不是更高妙吗？

三昧，讲的是自性的平等与法界的平等。

佛经里说："众生蒙佛之加持力，突破六尘之游泥，出现自身之觉理，如赖春雷之响而蛰虫出地，知与佛等无差别者，是平等之义也。"

知道山河大地无不是佛的法身，这是平等。

传说从前五祖弘忍去见四祖道信时还是个孩子，在大殿里解开裤裆就尿尿，门人跑来驱赶："去！去！去！哪里的野孩子竟敢在佛殿小便！"年幼的五祖说："你告诉我，何处没有佛，我就去哪里尿尿！"四祖听了，惊为大根利器，收为徒弟，果然传了衣钵。这是等持！

不过，这是祖师行径，我们凡夫可不要真到佛殿乱来！

看过蚂蚁爬过佛像，令我开启不少智慧，当天夜里搭出租车，司机说："开出租车也有火候，空车与搭客时能同等看待，空车时不着急、不忧心；载客时不心浮、不气躁，能这样子才算是会开出租车了。"

呀！原来到处都有三昧！

写在水上的字

生命的历程就像是写在水上的字，顺流而下，想回头寻找的时候总是失去了痕迹，因为在水上写字，无论多么费力，那水都不能永恒，甚至是不能成形的。

因此，如果我们企图要停驻在过去的快乐，那是自寻烦恼，而我们不时从记忆中想起苦难，反而使苦难加倍。生命历程中的快乐或痛苦、欢欣或悲叹都只是写在水上的字，一定会在时光里流走。

就像无常的存在是没有实体的。

实体的感受只是因缘的聚合，如同水与字一般。

身如流水，日夜不停流去，使人在闪灭中老去。

心也如流水，没有片刻静止，使人在散乱中迷茫地活着。

身心俱幻正如流水上写字，第二笔未写，第一笔就流到远方。

爱，也是流水上写的字，当我们说爱时，爱之念已流到远处。美丽的爱是写在水上的诗，平凡的爱是写在水上的公文，爱的誓言是流水上偶尔飘过的枯叶，落下时，总是无声地流走。

身心无不迁灭，爱欲岂有长驻之理？

既然生活在水上，且让我们顺着水的因缘自然地流下去。看见花开，知道是开花的因缘具足了，花朵才得以绽放；看见落叶，知道是落叶的因缘具足了，树叶才会落下来。在一群陌生人之中，我们总会碰到那有缘的人，等到缘尽情了，我们就会如梦一样忘记他的名字与脸孔，他也如同写在水上的一个字，在因缘中散灭了。

我们的生活为什么会感觉到恐惧、惊怖、忧伤与苦恼，那是由于我们只注视写下的字句，却忘记字是写在一条源源不断的水上。水上的草木一一排列，它们互相并不顾望，顺势流去，人的痛苦是前面的浮草总思念着后面的浮木，后面的水泡又想看看前面的浮沤。只要我们认清字是写在水上，就能心无罣碍，无有恐怖，远离颠倒梦想。

不能认清生命的历程是写在水上的字的人，是以迷心来看世界，世界就会变成一张网，挑起一个网目，就罩在千百个网目的痛苦中。

认清了万法如水，万事万物是因缘偶然的聚合，这是以慧心来观世界，世界就与自己的身心同时清净，冲破因缘之网而步上菩提之道。

在汹涌的波涛与急速的漩涡中，顺流而下的人，是不是偶尔会抬起头来，发现自己原是水上的一个字呢？

这种发现，是觉悟的开始，是菩提的芽尖。

时到时担当

在我的家乡有一句大家常用的俗语："时到时担当，没米就煮番薯汤。"这是一句乐观的、顺其自然的话，大约相当于国语里的"船到桥头自然直"，或是"兵来将挡，水来土掩"。

由于在家乡的时候听惯大人讲这句话，深深印在脑海，在我离开家乡以后，每次遇到有阻碍或困厄时，这句话就悄悄爬出来，对了，时到时担当，没米就煮番薯汤，有什么大不了。这样想起来，心就安定下来，反而能自然地度过阻难与困厄。

幼年时代，我常听父亲说这一句话，有一回就忍不住问父亲："没米就煮番薯汤，如果连番薯也没有了，怎么办？"

父亲习惯地拍拍我的后脑勺，大笑起来："憨囡仔！人讲天无绝人之路，年头不可能坏到连番薯都长不出来呀！"

确实也是如此，我们在农田长大的孩子虽然经验过许多的风灾、水灾、旱灾，甚至大规模的虫害，番薯大概是永远不受害的作物，只要种下去，没有不收成的。因此，在我们乡下的做田人，都会留出一小块地种番薯，平时摘叶子作青菜，收成时就把番薯堆在家里的眠床下，以备不时之需。在我成长的年月，我的床下一年四季都堆满番薯，每天妈妈生火做饭时抓两个丢进炉灶底的火灰里，饭熟了，热腾腾香喷喷的焖番薯也好了。

即使是中日战争最激烈，逃空袭的那几年，番薯也没有一年歉收。

在我从前的经验里，年头真如父亲所言，不可能坏到连番薯都长不出来，推衍出来，我们知道生活里有很多的挫败，只要能挺着，天就没有绝人之路。

后来我更知道了，像"时到时担当，没米就煮番薯汤"，心里的慰安比实际的生活来得重要。只要在困难里可以坦然地活下去，就没有走不通的路，因此如何使自己的心宽广乐观地应对生活，比汲汲营营地想过好日子来得重要，归根究底乃不是米或番薯的问题，而是心的态度罢了。

"时到时担当"不仅是台湾农民在生活中提炼的智慧，也是非常吻合禅宗"当下即是""直下承担"的精神，此时此刻可以担当，就不必忧心往后的问题，因为彼此彼刻，我们也是如此承担。假如现在不能承担，对将来的忧心也都会无用而落空了。

禅的精神与生活实践的精神非常接近，是一种落实无伪的生活观。我们乡下还有一句俗话："要做牛，免惊无犁可拖。"译成国语的意思，是一个人只要肯吃苦，绝不怕没有工作，不怕不能生活。这往往是长辈用来安慰鼓励找不到工作的青年，肯把自己先放在最能承担的位置，那么还有什么可惊呢？

这句话也是令人动容的。牛马在乡下，永远是最艰苦承担的象征，不过，那最重的犁也只有牛马才能拖动。学佛者也是如此，只怕自己不能承担，何惧于无众生可度呢！这样想，就更能体会"欲为诸佛龙象，先做众生马牛"的深意了。

我们不能离开世间又想求得出离世间的智慧，因为"佛法在世间，不离世间觉，离世觅菩提，犹如求兔角"，我们要求最高的境界，只有从自己的生活、自己的周遭来承担来觉悟才有可能。

佛法中有"当位即妙""当相即道"的说法。所谓"当位即妙"，是不论何事，其位皆妙，就像良医所观，毒有毒之妙，药有药之妙。所谓"当相即道"，是说世间浅近的事相，都有深妙的道理。——世间凡事都有密意，即事而真，就看我们有没有智慧了。

"时到时担当，没米就煮番薯汤"也应该作如是观，真到没有米必须吃番薯汤的时候，是不是也能无怨，品出番薯也有番薯的芳香，那才是真正的承担。

路上捡到一粒贝壳

午后，在仁爱路上散步。

突然看见一户人家院子种了一棵高大的面包树，那巨大的叶子有如扇子，一扇扇地垂着，迎着冷风依然翠绿，一如在它热带祖先的雨林中。

我站在围墙外面，对这棵面包树感到十分有趣，那家人的宅院已然老旧，不过在这一带有着一个平房，必然是亿万的富豪了。令我好奇的是这家人似乎非常热爱园艺，院子里有着许多高大的树木，园子门则是两株九重葛往两旁生长而在门顶握手，使那扇厚重的绿门仿佛戴着红与紫两色的帽子。

绿色的门在这一带是十分醒目的。我顾不了礼貌的问题，往门隙中望去，发现除了树木，主人还经营了花圃，各色的花正在盛开，带着颜色在里面吵闹。等我回过神来，退了几步，发现寒风还鼓吹着双颊，才想起，刚刚往门内那一探，误以为真是春天了。

脚下有一些裂帛声，原来是踩在一张面包树的扇面了，叶子大如脸盆，却已裂成四片，我遂兴起了收藏一张面包树叶的想法，找到比较完整的一片拾起，意外，可以说非常意外地发现了，树叶下面有一粒粉红色的贝壳。把树叶与贝壳拾起，就离开了那个家门口。

但是，我已经不能专心地散步了。

冬天的散步，于我原有运动身心的功能，本来在身心上都应该做到无念和无求才好，可惜往往不能如愿。选择固定的路线散步，当然比较易于无念，只是每天遇到的行人不同，不免使我常思索起他们的职业或背景来，幸而城市中都是擦身而过的人，念起念息有如缘起缘灭，走过也就不会挂心了；一旦改变了散步的路线，初开始就会忙碌得不得了，因为新鲜的景物很多，念头也蓬勃，仿佛汽水开瓶一样，气泡兴兴灭灭地冒出来，念头太忙，回家来会使我头痛，好像有某种负担；还有一种情况，是很久没有走的路，又去走一次，发现完全不同了，这不同有几个原因，一个是自己的心境改变了，一个是景观改变了，还有一个重要原因，是季节更迭了，使我知道，这个世界是无常的因缘所集合而成，一切可见、可闻、可触、可尝的事物竟没有永久（或只是较长时间）的实体，一座楼房的拆除与重建只是比浮云飘过的时间长一点，终究也是幻化。

我今天的散步，就是第二种，是旧路新走。

这使我在尚未捡面包树叶与贝壳之前，就发现了不少异状。例如我记得去年的这个时间，安全岛的菩提树叶已经开始换装，嫩红色的小叶芽正在抽长，新鲜、清明、美而动人。今年的春天似乎迟了一些，菩提树的叶子，感觉竟是一叶未落，老得有一点乌黑，使菩提树看起来承受了许多岁月的压力，发现菩提树一直等待春天，使我也有些着急起来。

木棉花也是一样，应该开始落叶了，却尚未落。我知道，像雨降、风吹、叶落、花开、雷鸣、惊蛰都是依时序的缘升起，而今年的春天之缘，为什么比往年来得晚呢？

还看到几处正在赶工的大楼，长得比树快多了，不久前开挖的地基，已经盖到十楼了。从前我们形容春雨来时农田的笋子是"雨后春笋"，都市的楼房生长也是雨后春笋一样的。这些大楼的兴建，使这一带的面目完全改观，新开在附近的商店和一家超级啤酒屋，使宁静与绿意备受压力。

记忆最深刻的是路过一家新开幕的古董店，明亮橱窗最醒目的地方摆了一个巨大的白水晶原矿石，店家把水晶雕成一只台湾山猪正被七只狼（或者狗）攻击的样子，为了突出山猪的痛苦，山猪的蹄子与头部是镶了白银的，咧嘴哀号，状极惊慌。标价自然十分昂贵，我一辈子一定不能储蓄到与那标价相等的金钱。对于把这么美丽而昂贵的巨大水晶（约有桌面那么大），却做了如此血腥而鄙俗的处理，竟使我生出了一丝丝恨意和巨大怜悯，恨意是由雕刻中的残忍意识而生，怜悯是对于可能把这座水晶买回的富有的人。其实，我们所拥有和喜爱的事物无不是我们心的呈现而已。

如果我有一块如此巨大的水晶，我愿把它雕成一座春天的花园，让它有透明的香气；或者雕成一尊最美丽的观世音菩萨，带着慈悲的微笑，散放清明的光芒；或者雕几个水晶球，让人观想自性的光明；或者什么都不雕，只维持矿石的本来面目。

想了半天才叫了起来，忘记自己一辈子不可能拥有这样的水晶，但这时我知道不能拥有比可以拥有或已经拥有使我更快乐。有许多事物，"没有"其实比"持有"更令人快乐，因为许多的有，是烦恼的根本，而且不断地追求有，会使我们永远徘徊在迷惑与堕落的道路。幸而我不是太富有，还能知道在人世中觉悟，不致被福报与放纵所蒙蔽；幸而我也不是太忙碌或太贫苦，还能在午后散步，兴趣盎然地看着世界。从污秽的心中呈现出污秽的世界，从清净的心中呈现出清净的世界，人的境况或有不同，若能保有清净的观照，不论贫富，事实上都不能转动他。

看看一个人的念头多么可怕，简直争执得要命，光是看到一块残忍的水晶雕刻，就使我跳跃一大堆念头，甚至走了数百公尺完全忽视眼前的一切。直到心里一个声音对我说了一句话，才使我从一大堆纷扰的念头中醒来："那只是一块水晶，山猪或狼只是心的觉受，就好像情人眼中的兰花是高洁的爱情，养兰花者的眼中兰花总有个价钱，而武侠小说里，兰花常常成为杀手冷酷的标志。其实，兰花，只是兰花。"

从念头惊醒，第一眼就看到面包树，接下来的情景如上所述。拿着树叶与贝壳的我也茫然了。

尤其是那一粒贝壳。

这粒粉红色的贝壳虽然新而完好，但不是百货公司出售的那种经过清洗磨光的贝壳，由于我曾在海边住过，可以肯定贝壳是从海岸上捡来不久，还带着海水的气息。奇特的是，海边来的贝壳是如何掉落到仁爱路的红砖道上呢？或者是无心的遗落，例如跑步时从口袋掉出来？或者是有心的遗落，例如是情人馈赠而爱情已散？或者是……有太多的或者是，没有一个是肯定的答案。唯一肯定的是，贝壳，终究已离开了它的海边。

人生活在某时某地，正如贝壳偶然落在红砖道上，我们不知道从哪里、为何、干什么的来到这个世界，然后不能明确说出原因就迁徙到这个城市，或者说是飘零到这陌生之都。

"我为什么来到这世界？"这句话使我在无数的春天中辗转难眠，答案是渺不可知的，只能说是因缘的和合，而因缘深不可测。

贝壳自海岸来，也是如此。

一粒贝壳，也使我想起在海岸居住的一整个春天，那时我还多么少年，有浓密的黑发，怀抱着爱情的秘密，天天坐在海边沉思。到现在，我的头发和爱情都有如退潮的海岸，露出它平滑而不会波动的面目。少年的我在哪里呢？那个春天我没有拾回一粒贝壳、没有拍过一张照片，如今竟已完全遗失了一样。偶尔再去那个海岸，一样是春天，却感觉自己只是海面上的一个浮沤，一破，就散失了。

世间的变迁与无常是不变的真理，随着因缘的改变而变迁，不会单独存在、不会永远存在，我们的生活有很多时候只是无明的心所映现的影子。因为，我们可以这样说，少年的我是我，因为我是从那里孕育，而少年的我也不是我，因为他已在时空中消失；正如贝壳与海的关系，我们从一粒贝壳可以想到一片海，甚至与海有关的记忆，竟然这粒贝壳是在红砖道上拾到，与海相隔那么遥远！

想到这些，差不多已走到仁爱路的尽头了，我感觉到自己有时像个狂人，时常和自己对话不停，分不清是在说些什么。我忆起父亲生前有一次和我走在台北街头突然说："台北人好像仔，一天到暗在街仔赖赖趖。"翻成国语是："台北人好像神经病，一天到晚在街头乱走。"我有时觉得自己是仔之一，幸而我只是念头忙碌，并没有像逛街者听见换季打折一般，因欲望而狂乱奔走；而且我走路也维持了乡下人稳重谦卑的姿势，不像台北那些冲锋陷阵或龙行虎步的人，显得轻躁带着狂性。

尤其我不喜欢台北的冬天，不断的阴雨，包裹着厚衣的人在拥挤的街道，有如撞球的圆球撞来撞去。春天来就会好些，会多一些颜色、多一点生机，还有一些悠闲的暖气。

回到家把树叶插在花瓶，贝壳放在案前，突然看到桌上的皇历，今天竟是立春了：

"立春：斗指东北为立春，时春气始至，四时之卒始，故名立春也。"

我知道，接下来会有雨水、惊蛰、春分、清明、谷雨，台北的菩提树叶会换新，而木棉与杜鹃会如去年盛开。

拈花四品

不与时花竞

诵帚禅师有一首写菊的诗：

> 篱菊数茎随上下，
>
> 无心整理任他黄；
>
> 后先不与时花竞，
>
> 自吐霜中一段香。

读这首诗使人有自由与谦下之感，仿佛是读到了自己的心曲，不管这个世界如何对待我们，我只要吐出自己胸中的香气，也就够了。

在台湾乡下有时会看到野生的菊花，各种大小各种颜色的菊花，那也不是真正野生的，而是随意被插种在庭园的院子里，它们永远不会被剪枝或瓶插，只是自自然然地长大、开启，与凋零，但它们不失去傲霜的本色，在寒冷的冬季，它们总可以冲破封冻，自尊地开出自己的颜色。

有一次在澎湖的无人岛上，看见整个岛已被天人菊所侵占，那遍满的小菊即使在海风中也活得那么盎然，没有一丝怨意地兴高采烈，怪不得历史上那么多诗人画家看到菊花时都要感怀自己的身世，有时候，像野菊那样痛痛快快地活着竟也是一种奢求了。

"天人菊"，多么好的名字，是菊花中最尊贵的名字，但它是没有人要的开在角落的海风中的菊花。

最美的花往往和最美的人一样，很少人能看见，欣赏。

山野的春气

带孩子到土城和三峡中间的山中去，正好是春天。这是人迹稀少的山道，石阶上还留着昨夜留下的露水。在极静的山林中，仿佛能听见远处大汉溪的声音。

这时我们看见在林木底下有一些紫色的花，正张开花瓣在呼吸着晨间流动的空气。那是酢浆草花，是这世界上最平凡的花，但开在山中的风姿自是不同，它比一般所见的要大三倍，而且颜色清丽，没有丝毫尘埃。最奇特的是它的草茎，由于土地肥满，最短的茎约有一尺，最长的抽离地面竟达三尺多。

孩子看到酢浆花神奇的美大为惊叹，我们便离开小路走进山间去，摘取遍生在山野相思树下的草花，轻轻一拔，一株长长的酢浆花就被拉拔起来。

春天的酢浆花开得真是繁盛，我们很快就采满一大束酢浆花，回到家插在花瓶里，好像把一整座山的美丽与春天全带了回来。连孩子都说："从来没有看过这样美的花。"

来访的朋友也全部被酢浆花所惊艳，因为在我们的经验里几乎不能想象，一大束酢浆花之美可以冠绝一切花，这真是"乱头粗服，不掩国色"了。

酢浆花使我想起一位朋友的座右铭：在这个时代里，每个人都像百货公司的化妆品，你的定价能多高，你的价值就有多高。

紫蓝色之梦

在家乡附近有一个很优美的湖，湖水晶明清澈，在分散的几处，开着白色的莲花，我小时候时常在清晨雾露未退时跑去湖边看莲花。

有一天，不知从什么地方漂来一株矮小肥胖的植物，根、茎、叶子都是圆墩墩的，过不久再去看的时候，已经是几株结成一丛，家乡的老人说那是"布袋莲"，如果不立即清除，很快湖面就会被占满。

没想到在大家准备清除时，布袋莲竟开出一串串铃铛般的偏蓝带紫的花朵，我们都被那异样的美所震住了，那些布袋花有点像旅行中的异乡人，看不出它们有什么特殊，却带着谜样的异乡的风采。布袋莲以它美丽的花，保住了生命。

来自外地的布袋莲有着强烈繁衍的生命力，它们很快地占据整个湖面，到最后甚至丢石头到湖里都丢不进去，这时，已经没有人有能力清除它了。

当布袋莲全面开花时，仍然有慑人的美，如沉浸在紫蓝色的梦境，但大家都感到厌烦了，甚至期待着台风或大水把它冲走。

布袋莲带给我的启示是：美丽不可以嚣张，过度的美丽使人厌腻，如同百货公司的化妆品专柜一样。

马鞍藤与马蹄兰

马鞍藤是南部海边常见的植物，盛开的时候就像开大型运动会，比赛着似的，它的花介于牵牛花与番薯花之间，但比前两者花形更美、花朵更大，气势也更雄浑。

马鞍藤有着非常强盛的生命力，在海边的沙滩曝晒烈日、迎接海风，甚至灌溉海水都可以存活，有的根茎藏在沙中看起来已枯萎，第二年雨季来时，却又冒出芽来。

这又美又强盛的花，在海边，竟很少有人会欣赏。

另外，与马鞍藤背道而驰的是马蹄兰，马蹄兰的茎叶都很饱满，能开出纯白的仿若马蹄的花朵。它必须种在气温合适、多雨多水的田里，但又怕大风大雨，大雨一下会淋破它的花瓣，大风一吹又使它的肥茎摧折。

这两种花名有如兄弟的花，却表现了完全相反的特质，当然，因为这种特质也有了不同的命运。马鞍藤被看成是轻贱的花，顺着自然生长或凋落，绝没有人会采摘；马蹄兰则被看成是珍贵的被宝爱着，而它最大的用途是用在丧礼上，被看成是无常的象征。

人生，有时像马鞍藤与马蹄兰一样，会陷入两难之境，不过现代人的选择越来越少，很少人能选择马鞍藤的生活，只好做温室的马蹄兰。

无情说法

朋友请我吃饭，餐桌上有一道菜是生炒苦瓜，一道是糖醋豆腐，一道是辣椒炒干丝。我看了桌上的菜不禁莞尔，说："今天酸甜苦辣都齐了。"朋友仔细看看桌上的菜，不禁拍案大笑。

这使我想到，即使是植物，都各有各的特性：甘蔗是头尾皆甜，柠檬则里外是酸，苦瓜是连根都苦，辣椒则中边全辣，它们这种特性，经过长时间的藏放也不失去，即使将它碎为微尘粉末，其性不改。还有一些做药材的植物，不管制成汤、膏、丸、散，或经长久的熬煮，特质也不散灭。

我们生活中的心酸、甜蜜、苦痛、辛辣种种滋味，不亦如植物的特性吗？一旦我们品尝过了，似乎就永不失去。在我们的生命情境中，有很多时候，是酸甜苦辣同时放在一桌的，一个人不可能永远挑甜的吃，偶尔吃点苦的、辣的、酸的，有助于我们品味人生。

在酸甜苦辣的生命经验更深刻之处，有没有更真实的本质呢？

若说柠檬以酸为本性，辣椒以辣为本性，甘蔗以甜为本性，苦瓜以苦为本性，那么人的本性又是什么呢？

我们常说"这个人本性不良"，或"那个人本性善良"，可是，我们常看到素性不良的人改邪归正，又常见到公认本性良善的人却堕落了。这种本性似乎是"可转""能改变"的，因此我们语言上所说的"本性"，事实上只是一种"熏习"，是习气的长期熏染而表现在外的，并不是最深刻的自我。

习气，是一种莫名其妙的偏执，正如嗜吃辣椒与柠檬的人，说不出是什么原因。但人生的一切烦恼正是由这种偏执而产生，偏执是可矫正的，矫正的方法就是中道，例如柠檬虽是至酸之物，若与甘蔗汁中和，就变成非常的可口。去除习气只有利用中和的方法，人最大的习气不外乎是贪、嗔、痴，贪应该以"戒"来中和，嗔应该以"定"来中和，痴应该以"慧"来中和。一个人时能中和自己的习气，就能坦然地面对生活，不至于被习气所左右。

在我们的人生经验里，有时会遇见一些特别贪吝、嗔恚、愚痴的人，为什么他们会特别有这样的习气呢？

我国有一个有名的民间传说，相传汉朝有一位姓孟的女子，幼读儒书，长大学佛，普遍得到乡里的敬爱，年老以后被称为"孟婆"。她死后成为幽冥之神，建了一座"饮忘台"，在阴阳之界投胎必经之路。孟婆取甘、苦、酸、辛、咸五味做成一种似酒非酒的汤，称为"孟婆汤"，投胎的人喝了这种汤就完全忘记前世，然后走入今生甘苦酸辛咸的旅程。

传说每一个魂魄入胎之前，各种滋味都要尝一点才能投胎，这是为什么人人都要在一生遍尝五味的缘由。传说又说，有的人甜汤喝多了，日子就过得好些；有的人苦汁喝得多，这一生就惨兮兮。

"孟婆汤"的传说虽是无稽之谈，但非常有趣，至少启示我们：既然投生为人，就不可能全是甜头，生命里是有各种滋味的。我有时候想，"孟婆汤"是不是取了甘蔗、苦瓜、柠檬、辣椒、盐巴做成的呢？

值得欣慰的是，生活固有五味，但人只要挺起胸膛地生活着，甘苦酸辛咸总会过去，而这些折磨只是情感的激荡与波动，不会毁灭一个人真实的本质。对于能勇敢承担生命的人，甘苦酸辛咸只是生命的洗礼，在通过这种清洗时，只要保有觉悟与智慧的心，就会洗出我们更明净的自我。

吃着桌上几盘气味强烈的菜，使我想到甘蔗、柠檬、苦瓜、辣椒在做着一场"无情说法"，有时甚至让我迷惑，这些植物是不是人间的苦乐辛酸所感生的呢？

"无情说法"这四个字多么有味，它说明了我们所遭遇世间的一切因缘，时时处处都在说法，有情无情对我们都有智慧的启发，正如我们见到一朵花的凋谢与一位美女的老去，都得到启示一样。

"无情说法"在禅宗是十分有名的公案，有一次洞山良价去请教云岩昙成禅师，他问道：

"无情说法，什么人得闻？"（无情事物说法的时候，什么人听得到？）

云岩说："无情说法，无情得闻。"（无情事物说法，无情事物听得到。）

师曰：“和尚闻否？”（和尚听得到吗？）

云岩说：“我若闻，汝即不得闻吾说法也。”（我如果听得到，你就听不见我说法了。）

师曰：“若恁么即良价不闻和尚说法？”（为什么说我听不见你说法呢？）

云岩说：“吾说法，汝尚不闻，何况无情说法也。”（我说法，你都听不见了，何况是无情事物对你说法呢！）

洞山良价听了十分惭愧，就问“无情说法”出自哪一部经，云岩禅师告诉他出自《阿弥陀经》，经上说“水鸟树林皆悉念佛念法”，洞山随即开悟，写了一首偈：

也大奇，也大奇，无情说法不思议，

若将耳听声不现，眼处闻声方可知。

（真是奇妙的事呀！无情说法多么不可思议！如果要用耳朵去听就听不见声音，要用眼睛才听得见声音呀！）

这个公案告诉我们，无情事物不是用声音来说法，而是用沉默来说法，并不是说无情事物本身有法，而是身心清净、善于观察思维的人，就能见到无情中自有法的启示，对于无情界的说法，不是以耳朵去谛听，而是要“眼处闻声”！

关于“无情说法”，还有一个更早的公案，是牛头慧忠禅师解答弟子的请示：

僧问："阿那个是佛心？"

师曰："墙壁瓦砾是。"

问："无情既有心性，还解说法否？"

师曰："他炽然常说，无有间歇。"

问："某甲为什么不闻？"

师曰："汝自不闻。"

问："谁人得闻？"

师曰："诸佛得闻。"

问："众生应无分邪？"

师曰："我为众生说，不为圣人说。"

问："某甲聋瞽，不闻无情说法，师应合闻？"

师曰："我亦不闻。"

问："师既不闻，争知无情解说？"

师曰："我若得闻，即齐诸佛，汝即不闻我所说法。"

问："众生毕竟若闻否？"

师曰："众生若闻，即非众生。"

问："无情说法，有无典据？"

师曰："不见'华严'云：'刹说、众生说、三世一切说'，众生是有情乎？"

问："师但说无情有佛性，有情复若为？"

师曰："无情尚尔，况有情耶！"

好一个"无情尚尔，况有情耶"！在禅师的眼中，山河大地是如来，有情无情是法身，无情事物都有佛性，何况是有情的众生呢？我们虽不能如禅师澈见无情的面貌，但如果我们的心足够细致，在一切事物中都能有所启发，有所觉悟，张开智慧之眼，仿佛也不是不可能的。

就像我们看到甘蔗、柠檬、苦瓜、辣椒等无情的植物，使我们知道了既然生而为人，走在酸、甜、苦、辣的不可规避之路，就应该在种种滋味中学习超越乃至清净的智慧，学习如何破除偏执开启更广大的自我。如果在辛酸时就被辛酸埋没，与一粒柠檬何异？如果在甜蜜时就被甜蜜沉溺，和一株甘蔗又有什么不同呢？

我们若不能在人生中学习超越，就会被眼耳鼻舌身意所驱使，永远在色声香味触法中流转，然后，就在生死大海中流浪沉浮不已，无法走上解脱的道路。

慈眼欢喜

我喜欢弘一大师的字，常觉得他的书法脱离了"书"与"法"的范围，洗去了人间的匠气与烟火气，有一种天真纯朴的气息，是人格与生命的展现。

弘一大师的朋友叶绍钧说他的字是"蕴藉有味"，"就全幅看，许多字是互相亲和的，好比一堂谦恭温良的君子人，不亢不卑，和颜悦色，在那里从容论道。就一个字看，疏处不嫌其疏，密处不嫌其密，只觉得每一画都落在最适当的位置，移动一丝一毫不得。"真是说得好。除此之外，我觉得他的字有干净清雅的气质，就恍若他所重振的南山律宗一样。

我尤其喜欢他写的一副对联，右联写："慈眼"，左联写"欢喜"，下面有小字，各有《华严经》数语：

不于众生而起一念非亲友想，设有众生于菩萨所起怨害心，菩萨亦以慈眼视之，终无恚怒。

> 令众生欢喜者，则令一切如来欢喜，又偈云，我
> 常随顺众生。

那"慈眼"两字十分温柔，"欢喜"两字又是非常喜乐，意在笔内境在墨外，让人看了都温柔喜乐起来。

再深入地看，"慈眼"与"欢喜"不正是菩萨行的重心吗？《金刚经》里有非常动人的两句："如来善护念诸菩萨，善咐嘱诸菩萨。"若从菩萨的角度看，可以说是："如来与菩萨善护念诸众生，善咐嘱诸众生。"这就是"慈眼"。有如父母亲含情看着自己的孩子，在过去与现在善于护念，对未来则充满期望与叮咛。

从前读到文殊师利菩萨十种无尽甚深大愿，非常感动，里面有两愿格外令人深思：

> 四者大愿，若有众生，轻慢于我，疑虑于我，枉
> 压于我，诳妄于我，毁谤三宝，憎嫉贤良，欺凌一切，
> 常生不善，共我有缘，令发菩提之心。
>
> 五者大愿，若有众生，贱我、薄我、惭我、愧我。
> 敬重于我，不敬于我；妨我不妨我，用我不用我；取我
> 不取我，求我不求我；要我不要我；从我不从我，见我
> 不见我，悉愿共我有缘，令发菩提之心。

菩萨的慈眼正是如此，超越了一切分别与执着，纵使那些对我特别坏的众生，我都愿他与我有缘而发起菩提心，坏的尚且

如此，好的更不必说了。《华严经普贤行愿品》如是说："一切天龙八部、人、非人等，无足、二足、四足、多足；有色、无色、有想、无想、非有想、非无想，如是等类，我皆于彼随顺而转，种种承事、种种供养，如敬父母、如奉师长、及阿罗汉乃至如来，等无有异。"足以说明菩萨的慈眼不是站在山头的俯视，而是平等的关怀与对待，超越了人我的见解。

光是慈眼还是不够的，还要拔苦与乐，令众生都能欢喜，《普贤行愿品》的一段美得像诗一般：

于诸病苦，为作良医。

于失道者，示其正路。

于暗夜中，为作光明。

于贫穷者，令其伏藏。

菩萨如是平等饶益一切众生。

何以故？

菩萨能随顺众生，则为随顺供养诸佛。

若于众生尊重承事，则为尊重承事如来。

若令众生欢喜者，则令一切如来欢喜。

弘一大师所写的"欢喜"就是典出于此，甚至于"愿令众生常得安乐，无诸病苦；欲行恶法，皆悉不成，所修善业，皆速成就；关闭一切诸恶趣门，开示人天涅槃正路。若诸众生因其积集诸恶业故，所感一切极重苦果，我皆代受，令彼众生悉得解脱，究竟成就无上菩提"。每次读佛菩萨所发的愿，常令我动容落泪。

为了拯救众生而不惜百死千生、万劫辗转的菩萨们，他们重入生死的动机其实简单，正是"慈眼"；他们倒驾慈航的期待也简单，就是令众生"欢喜"。

世间或美丽、或哀愁、或明澈、或流转的眼波固然动人，都不如菩萨的慈眼。世间能令我们欢喜的事物固然很多，却都不如能令众生欢喜。

世间最美丽的眼睛有如黑夜闪烁的明星；菩萨的慈眼则像日月照耀空中，而不住于空。

世界最细腻的欢喜有如含着雨露的玫瑰；菩萨使众生欢喜就像清净的莲花出水，而不着于水。

如果能理解菩萨的悲心与愿心，就会发现在每一朵飘过空中的云彩、每一滴落在山中的雨珠、每一株开在小径的野花、每一棵在野风中摇动的小草，乃至每一条流逝的江河、每一片萎落的花瓣、每一声黑夜中传来的呼声，都可以看到菩萨的慈眼和欢喜。

因为慈眼无所不在，所以欢喜无所不在。

因为众生无所不在，所以菩萨无所不在。

《小品般若经》说得多么好：

色无边故菩萨亦无边，受想行识无边故菩萨亦无边。

色无量故般若波罗蜜无量，受想行识无量故般若波罗蜜无量；缘无边故般若波罗蜜无边，众生无边故般若波罗蜜无边。

回到自己的居处

把蛇、鳄鱼、鸟、狗、狐狸、猴子分别用绳子绑起来，然后把绳子连结在一起，放它们逃生。

这时候，六种动物一定都按照习性想逃回自己的居处。蛇要回到洞里、鳄鱼要回到河里、鸟要飞入空中、狗要回去村落、狐狸欲奔回原野、猴子想回去森林的树上，因此它们彼此争斗，最后被力气最大的一只动物拖着前进。

这是佛经的譬喻，人也像这样，被眼、耳、鼻、舌、身、意六种根本欲望牵着前进，哪一种欲望最强烈，我们就被那种欲望支配。在欲望的焚烧中，就会使我们有无边的痛苦，正如动物们找不到它们的归宿。

我们有幸生而为人，又是六根健全，就应该善自珍惜，好眼睛要用来见光明、好耳朵要观世音、好鼻子要闻自性芳香、好舌头要开演妙法、好身体要实践利他、好头脑要有正念……然后慢慢回归心田，止息六欲的追求，不再被欲望支配，这时，才算回到自己安居的所在。

在《楞严经》里，有一次佛陀随手取了一条手帕，打成一个结，然后问弟子说："这叫什么名字？"阿难和众弟子同声说："这叫做'结'。"

接着，佛陀依次在手帕上打了六个结，按次第每打一结都问："这叫作什么名字？"阿难和众弟子说："这也叫作'结'。"

佛陀就告诉弟子，这六个结是依次结成，因此第一个结和第六个结都不一样，虽然都是结，但应该把第一个打成的叫"第一个结"，依次类举，第六个打成的就叫"第六个结"。这是"巾体是同，因结有异"，人的六根（眼耳鼻舌身意）也是这样，本是同一性质，却有不同的名字，这是"毕竟同中，生毕竟异"。

佛陀问弟子说："如果认为六个结是多余的，只想进入本质，如何才能做到呢？"

阿难说："如果把所有的结解开，结既然不生，就没有了彼此，一个结的名称都没有，何况是六个呢？"

佛陀说："六解一亡，亦复如是，由汝无始心性狂乱，知见妄发，发妄不息，劳见发尘。如劳目睛，则有狂华，于湛精明，无因乱起，一切世间山河大地生死涅槃，皆即狂劳颠倒华相。"

这一段，佛陀说明了世间的事物都是妄心的发动，就像眼睛疲劳时在眼前舞动的狂花一样。

最后，佛陀甩动手里的手帕，问说："我现在左右拉动手帕，都不能解开这些结，到底要怎样才能解开呢？"

阿难说："要想解开这些结，应该从结心着手。"

佛陀说："对的，如果要除掉这些结，应该从结心开始……阿难！这就像我们要解脱六根，应该从六根的结来解，根结如果除去了，尘相妄想自然消灭，到这时就只留下自性的真实了。我再问你，这条手帕的六个结，可不可能同时解开呢？"

阿难说："不行的，因为结是次第打成，应该依照次第打开才行。"

佛陀说："六根解除，亦复如是，此根初解，先得人空，空性圆明，成法解脱，解脱法已，俱空不生，是名菩萨从三摩地，得无生忍。"（要想解脱六根，也是一样的道理，六根的生理活动能得到解脱，就能得到人空无我的境界，到空性圆明自在，就得到法的解脱，法既然解脱无缚，连空的境界也不生起，这就是菩萨从三昧正定，安住于不生不灭的实相里了。）

看到佛陀对弟子的精彩教化，使我们知道要自性清净，必须从六根清净入手，用禅师的话说就是"在六根门头，寻得解脱"，那等于回到自己的自性居处一样。

可叹息的是，我们通常只看到打成的结，却忘记了手帕乃是结的本质了。

你是人吗？

从佛陀的时代到现在，每当有人请求出家，或受戒之前，一定要先问："你是人吗？"如果回答是肯定的"是"，才有资格出家或受戒。

我听到这种说法时非常感动，在六道中——天人、阿修罗、人、畜生、饿鬼、地狱——只有人才可以出家受戒，可见人是多么尊贵而值得赞叹和珍惜。释迦牟尼佛的前生，虽然以菩萨行化现于六道中，但最后他在人中成佛，有极深刻的象征意义。他启示我们，人在众生里有如水面开出的白莲花那么尊贵，唯有人才能从苦难中觉悟，走向菩提的大道。

在佛教里有一种修行方法，是每天清晨醒来先做四种观想：一、人身难得；二、生死无常；三、因果是真；四、轮回是苦。如果日日以此观想作为清晨的恒课则可以起信、立愿、力行，坚固不退的道心。

在许许多多的佛经里，佛陀都一再对弟子说"人身难得"四个字，佛说人生有九种难事："正法难闻，良师难遇，人身难得，诸根难具，正见难生，信心难发，合会难俱，自在难逢。"

人身到底有多难得呢？

有一次佛陀和弟子在一起散步，抓起地上的一把土说："众生如大地土，得人身如我手中土。"当今世界人口膨胀，使人感受许多压力，但其数量比起畜生来仍是微乎其微，如果与无形的众生比起来就更渺小了，佛陀的这个譬喻一点也不夸张。说到得人身之难，佛陀在《法句譬喻经》里曾说了"盲龟浮木"的譬喻，他说在海面有一块挖了圆洞的木头，海底有一只瞎眼的乌龟，这只盲龟一百年才浮上海面一次，那么它的头伸进木头里的几率是非常非常小了，但佛告诉我们："得到人身，比盲龟浮木还要更难！"

想起来不免汗毛竖立，还好我们现在已经得到人身，真应该好好珍惜。经上常说："一失人身，万劫不复。""人身难得，如优昙花。"无非是在强调作为人的殊胜与不易，《大智度论》里甚至说："一切宝中，人命第一。"得到人的身体是最伟大的珍宝，如是信解，就让我们不敢令光阴空过。

人所以比其他众生尊贵，甚至比天上的神仙尊贵，乃在于人可以觉悟、守戒、修行，走上清净的菩提之路，如果一个人到这世界上一点也不知道觉悟就死去，就有如从未开放的玫瑰就枯萎了一样，可惜了这副"道器"。

这正是为什么出家、受戒之前要问"你是人吗？"的缘故。

为什么一定要这样问呢？

传说佛陀时代，曾有一条龙很慕羡出家人，就化身为人请求出家，但龙的习气是贪睡，可是睡觉时又不能保持住人身，使它异常痛苦。它和一个僧人同住一舍，有一天，趁同房的人出去托钵化缘，这条龙就躺在床上大睡起来，等同房的人回来一开门，看到一条大龙睡在铺上，他使劲把门关上大叫："有大蛇！"寺院的人都跑来了，打开房门，除了那位龙比丘外，什么也没看见。看到龙的比丘则坚持他刚刚真的看见一条大蛇。

最后，大家一起去请教佛陀，那位化身比丘只好承认自己是条龙。为了寺院的规矩，佛便订立一个规则：凡是有人请求出家，或受戒时，必须问道："你是人吗？"

天人多好欲染，并且福报太好，难以发心求菩提；阿修罗欲望强盛、嗔恚心大，不能守戒律；畜生受役于人，并且贪痴淫欲，没有机会求道；地狱、饿鬼的众生更不必说了，受苦无间断，哪有机会修行呢？

人虽然诞生在五欲尘劳的世界，欲望苦染交煎，但也因为如此使我们生起超越之心，这就值得珍惜与感恩。

因此，每天清晨起来问自己："你是人吗？"

答案是："是！"多么肯定而值得欢欣。

这一声肯定的"是"，就足以令我们生起敬信之心，进入菩提了。

金翅鸟王子

我喜欢《华严经》讲到菩提心里的一段：

> 如金翅鸟王子初始生时，目则明利，飞则劲捷，
> 一切诸鸟虽久成长，无能及者。菩萨摩诃萨亦复如是，
> 发菩提心为佛王子，智慧清净、大悲勇猛，一切二乘
> 虽百千劫久修道行所不能及。

初发菩提心的菩萨是佛的王子，也像金翅鸟王子那么伟大，是所有的鸟不能相比的。金翅鸟王子到底有多么伟大呢？

金翅鸟梵名迦楼罗，是天龙八部之一，一般的金翅鸟两翅张开长有三百三十六万里，翅膀上有种种的宝色庄严，它张开翅膀时，明亮有如大火燃烧。它身躯巨大，我们居住的地球只能容纳它的一只脚。它食量也大，专吃毒龙，一天可以吃一条大龙王和五百条小龙。到它要命终的时候，会飞到金刚轮山顶上命终，由

于它身内都是毒龙的毒气，因此会发火自焚，烧完之后全身消散，只剩下一颗心在，它的心是纯青琉璃色，是无价的宝珠，帝释发髻中的宝珠就是金翅鸟的心。

我们熟习的"火凤凰"传说，可能是典出于佛经的金翅鸟，只是修改为五百年自焚一次，然后在火中重生，多了一点浪漫气息罢了。但想到金翅鸟的气派，传说中的火凤凰格局未免太小，一般金翅鸟已经如此，金翅鸟王子就更不必说了。

金翅鸟王子长大便是金翅鸟王，《华严经》里有一段这样说：

> 佛子，譬如金翅鸟王飞行虚空，以清净眼观察大海龙王宫殿，奋勇猛力，以左右力搏开海水，悉令两辟，知龙男女有命尽者而撮取之。如来应供养、应等正觉，金翅鸟王亦复如是，安住无碍虚空之中，以清净眼观察法界诸宫殿中一切众生。若有善根已成熟者，奋勇猛大力，止观两翅搏开生死大爱海水，随其所应出生死海，除灭一切妄想颠倒，安立如来无碍之行？

多美的经文！

发菩提心是多么重要，发菩提心就是发起求真道的心、求正觉的心、求佛果的心，一开始，就要张开三百三十六万里的金翅膀，才能走向无上菩提的道路。

我每看到发菩提心的人，就会想起《华严经》的这一段经文，仿佛看到他们背上七宝庄严的翅膀，光明照耀了我的眼目。

我会在心里说：让我们一起飞翔吧！金翅鸟王子！让我们搏开生死大爱海水吧！如来法王子！

诸法实尔，皆自念生

《大智度论》里有一个故事：

有兄弟三人，老大听说毗耶离国有一个女人，名叫庵罗婆利，非常美丽、有风韵，心里就起了淫念，甚至在白天都想着她。

老二听说在舍婆提国有一个叫须蔓那的女人，美色超胜，端正无比，心里也起了淫念，日夜都思念她。

老三听说王舍城有一个叫优钵罗槃那的女人，艳丽姿容罕有其匹，心里也起了淫念，茶饭不思地想着她。

三兄弟由于昼夜专念、染着于心，便在梦中和远分在三国的想象中的女人发生关系，醒来的时候就有了这样的觉悟："她也不来，我也不去，竟然在梦中发生这种事，像真的一样，是不是一切诸法都是梦呢？"

于是，一起去请教飙陀婆罗菩萨，菩萨说："诸法实尔，皆自念生。"是说一切法真的像三兄弟所问的一样，是由心念而生，像真的一样，却不是真的。

菩萨并为三兄弟方便说法，他们因此进入不退地菩萨的阶位。

把一切当成真的人，哪里知道梦里还有梦？而梦里的真实和逝去岁月的真实，乃至每一个念头的真实又有什么不同呢？

《大般若经》说："复次善勇猛！如人梦中说梦，所见种种自性如是，所说梦境自性总无所有。何以故？善勇猛！梦尚非有，况有梦境自性可说？"

昨夜梦中的一场雪是那样洁白，刺伤了我的眼睛，今早起来却看到了乌云蔽空，雨，正一滴一滴地自屋檐落下。

青年时像血一样殷红，使我们溅泪的往事，偶尔也会蹑足来到梦里来，颜色与声音还清明如昔。

什么是梦？什么不是梦呢？

有心未癣

　　当代大修行者陈健民居士在一九八七年十一月十三日在美国旧金山舍报往生，享年八十二岁。

　　陈健民居士曾在四川、西康、西藏、印度等地方参访明师，先后闭关长达三十几年，他闭关之地有时在穷山绝壁，有时在尸林荒冢，曾因山林瘴气而遍身生癣，但他不以为意，仍然不断精进，他曾自勉说："余有舌未癣，有心未癣也。"

　　作诗以言志说：

　　　　我也何能作药王，

　　　　闻声知苦替呼娘；

　　　　愿收天下诸人病，

　　　　尽作吾身点点疮。

　　我读到这首诗时，为之落泪，想到学佛的人就应该有这样的悲愿、这样的承担。在这个时代能像陈健民先生一样修行的居士真是很少了，如今典型宿昔、古道颜色，更令人感伤。

陈健民居士是少数显密圆通的大修行者，从他的著作看来，他不仅修行的功夫令人赞叹，对佛法的阐释也是光明剔透。我对他讲禅、密、净的会通格外感动，觉得能破许多学佛者的执着与偏见。

他认为，《阿弥陀经》中也有话头可参，如起疑情，空时即悟，如不能，则修九次第定，则禅净可以会通。他又认为《观无量寿佛经》其实也是密宗经典，净土经典中的咒语全都是秘咒，而且像六斋、八斋、初一、十五、二十八、二十九等斋日，也是从密宗而来，并且与人的生理活动有关，则净密也可会通。

他说："所谓十宗八宗，是后人方便接引的说法，佛法实为一体，如蜜中边皆甜。佛法只有了义和不了义，佛法与佛法之间是没有矛盾的。""各宗派都殊胜，各有因缘，切不可厚己薄人，妄加毁谤。"

因此，显密也只是方便而已。

但他说修密的人因辗转传承，持久难、流弊多，加上有许多方法上的冒滥，很容易发生错误。修禅的人必须是上根利器，又要得遇明师，否则易成狂禅，有许多只有口头文字，也易生危险。只有净土普被三根，赖阿弥陀佛的大愿力，自力加上佛力，纵不成就也可以保人身，是危险性最小的修行。而且念佛的人纵未到极乐，此生已得安乐，也容易保人身，不致有地狱之苦。所以他最鼓励一般人修净土，只要"修到一心求生，不为此娑婆人缘所乱即可得生"。

陈健民居士对念佛的两个开示，给我很大的启发：

一是不要一边念佛一边想带业往生，因为带业往生是权宜之说，是古往为了鼓励行人增加信心的话，有一些人误认为不怕造业，只要念佛就能带业往生，实在违背了祖师开导的苦心。修净土的人至少要守戒，并念佛到心不乱才有把握，因此要多推广消业往生，不要依赖带业往生的观念。二是修净土的人常误认为很容易，只要靠佛力就行了，往往忽略自己的努力，这是净土行者最大的流弊，《阿弥陀经》说："释迦牟尼佛，行此难事……能为甚难稀有之事……为一切世间说此难信之法，是为甚难……"佛都说很难，我们也不应看得太容易。所以净土行人要有深切的信愿和笃行，也一样要从体证无我空性入手。

这两点观点很能破除现在一般修净土的误见。

他说修行的人要时时提醒自己："每夜入眠，自己反省。苟令明朝不再起床，是否有何事件挂念在心？有之，明日即当解决，或非一日所能解决之事，则当以法自勉。"

修行真是一条长远的路，思及当代的许多大德上师都离我们而去，令人怃然而叹，陈健民居士说的："余有舌未癞，有心未癞也。"真能激励我们奋发，使我们在苦难里也有坚实的勇气与信心。

他早年有偈云：

> 回到童心似少年，
>
> 世人传说已疯癫；
>
> 言语彼此都无味，

面目相看两可怜。

这是修行者的自况，却也是人生的实相，修行者欣净土之乐、厌娑婆之苦，因了解苦集灭道而认识常乐我净；一般人欣乐欲望泥沼，因误认欲苦为快乐而随业沉迷、常乐于浊；这样对看的两人，当然都觉得对方可怜了。

我读这首偈心有所感，想起那曾在林下水边三十几年的修行者的背影，想到从前读他的法界大定诗，心中的欢涌喜悦；想到这使"蒲团七穿、草荐十易"的伟大修行者；想到他一生不受财物供养、不化缘、不受宴请、不受礼拜、不浏览名胜、不结交权贵、不收门徒的高明人格；想到他教人诚实、老实、切实、真实四层密密念佛的婆心苦口；想到他教人欲学菩萨，要先嫌三大阿僧祇劫太长，应有意缩短，早得度尽众生，因此要兼学密法的心切；想到他祈愿世界永久和平的悲愿……

这样的难遇之人，竟，驾虹走了！

接住我的经版

从前有一位修行人，勤修观音菩萨法门，欲以观音菩萨的大悲无我，来证取文殊师利菩萨的大智空慧，但是他久修观音，勤念六字大明咒（嗡嘛呢叭咪吽），仍然未能了解空性。

一日，他刻成一片观音六字大明经版，向观音菩萨发愿："如我所修观音，不久亦可证得文殊大智，则这块版子掷到空中，请观音菩萨接住我的经版，如果不能证到文殊的大智空性，则此版如常落下。"

发愿完毕，他双手捧着经版向上飞掷，说时迟那时快，文殊师利菩萨忽然明现上空，双手接版，这位修行人当下立即得到空性。文殊菩萨在空中对他垂示说："当知修悲修空，原是一事，观音文殊，不是两人，今后当同时修习，不可妄加分别。"

修行人闻之，感激涕零。

这个故事是陈健民老居士生前写到"如何学习菩萨"时所说，他说第一次听到这个故事，为之落泪，写出来时亦悲泪不止。这故事非常动人，请观音菩萨接住经版，结果是文殊菩萨来示现，可见不管修任何菩萨法，各菩萨都会来加持守护，而菩萨圆通自在，实在是凡夫所不可测。

在佛经里，我们常看到观音表悲，文殊表智，普贤表行，地藏表愿，其实只是说法的方便而已。陈健民上师说："菩萨虽各有专长，然皆通智、悲、力之三德。由普贤可证文殊之智，由文殊亦可证普贤之德。……要常会通圆融，不可轩轾也。""文殊虽彰智德，然并不放弃修悲，故其真实名义经曰：'在彼一切有情心，恒顺一切有情意，充满一切有情心，令诸有情心欢喜。'此种大悲，何逊于观音耶？其所发大愿，曾爱其仇，与观音三十二应，又相差几何？吾人学习菩萨特点，不可忽视其通德也。""观音菩萨虽为诸佛之大悲，然亦非不修空性，是故般若波罗蜜多心经，即是观音所述修空之法，行深般若则照见五蕴皆空，所以能度一切苦厄，盖能知空性，必能无的；已证无我，自然利他。空悲二事，如一物之两面，不可轩轾其间也。能修大悲，必证大空，能助一切众生成佛，则自己圆满法身。"

从这些片段里，我们可以知道陈上师的见解多么通透，他认为悲与智正是一切菩萨行的入处，他说："菩萨为觉有情，又觉他有情。智慧能生出大悲，智悲为佛之两足，故佛称两足尊。菩萨修智出生大悲，修悲出生大智。如水晶球从东智望西悲，玲珑圆明；从西悲望东智，亦复如是。菩萨必先无我，然后可以利他。由无我生出空性，亦修智之大道。"这一段读起来与佛经等无有异，值得我们用心体会。

陈健民上师的著作大致上都有非凡的风格，他的作品是与实证分不开的，他的中英文佛学著作多达百余种，堪称是近代的大宗师，正如他的弟子林钰堂居士所说，他作品最大的特色在于"自然、咏道、悲心流露"。其殊胜处则有五点："前后一贯、得佛印证、精辟切要、行解相应、智悲齐彰。"我虽然没有读过他全部作品，但从一些读过的著作中已获得不少法益，相信这些作品必可以如藏经一样流传，让人知道末法时代也有伟大而有成就的修行者。

最近一期的《文殊》杂志做了一个"追悼陈健民上师纪念特辑"，对他的生平和修行经过有详细介绍，他的愿力与修行读来惊心动魄，这种只在古代高僧修行过程才有的惊人决心与毅力，却示现在现代的在家居士身上。他的示现最动人之处，是在于使我们知道古书中伟大的修行不是神话，而是真有其人、实有其事，他以卓绝的一生证明了修行不是神话。

佛学研究者蓝吉富居士在介绍他生平时，说到他没有受过高等教育，后来竟能用英文写一百多本佛学小册，成为佛法西传的重要推动者；他主修最具神通意味的密宗，但他并不轻易谈论灵异境界；他也是典型的性情中人，讲经讲到感人处，往往当场泣下，老泪纵横……蓝先生说："陈先生这种修行事例，对大部分半信半疑的现代佛教徒而言，其鼓舞作用是相当大的。至少可以让我们相信古书所载的宗教境界并不是古人的憧憬与幻想，而是修行经验的实录。""陈先生恐怕是有史以来的汉人中，对密宗理论与实践，下过最深功夫的一位。"

确实如此，陈上师的修行赢得藏人的崇敬，称之为"汉地的仁波切"（仁波切意即转世的佛爷），不仅在实证方面，即使是就佛法系统的疏导、藏密教法的整理、藏汉佛教的沟通方面，他的贡献也罕有其匹。

这位被认为是"文殊师利菩萨化身，修证普贤王如来佛位"的大行者，圆寂荼毗后脑壳呈珊瑚、天蓝、古铜、粉红各色舍利，眼眶中有古铜色的舍利子。全身的骨头形成五彩的舍利花，有雪白、粉红、银色、天蓝、浅绿、珊瑚各色。他烧出来的舍利子还有金色、紫色、褐色，以及完全透明的水晶舍利，这是修行者对我们凡夫最慈悲的示现了。更重要的是他留下的作品，已由文殊出版社倡印全集，相信将能嘉惠无数的修行者。

陈上师生前曾发愿"愿尽虚空遍法界一切病入吾身"，这是多么悲切的志愿，他圆寂前曾对弟子说："早去早来"，"吾心任运原无事，不取涅槃休立志。"使我们坚信他仍会再返人间道场，我们深心祈请，但愿他能接住苦众生抛掷到空中求度的经版，乘愿再来，则菩萨大道，如是乎在。

不要指着月亮发誓

我指着那把树梢涂了银色的圣洁的月亮发誓——

啊！不要！不要指着月亮发誓，月亮变化无常，每月有圆有缺，你的爱也会发生变化。

那我指着什么发誓呢？

根本不要发誓，如果你一定要发誓，就指着你那惹人心动的自身起誓好了，那是我崇拜的偶像，我会相信你的。

这是莎士比亚戏剧里，罗密欧与朱丽叶的一段对白，当罗密欧对着月亮起誓的时候，被朱丽叶制止了，因为在她的眼中月有阴晴圆缺，一点也不可靠，反而"自身"比月亮还要可信任。后来罗密欧说："你还没有说出你的爱情的忠诚誓约和我交换呢！"

"在你还没有要求的时候，我已经把我的誓言给你了。"朱丽叶动人地说，"但是我想要的只是现在我所有的这点爱情。"

朱丽叶回家时，罗密欧看着她美丽的背影，说："我生怕这一切都是梦，太快活如意，怕不是真的。"

最近，梁实秋先生过世了，我找出他翻译的《莎士比亚全集》重读，随意翻到《罗密欧与朱丽叶》，看到这一段颇有感触，尤其人到中年更感觉到"一切都是梦"了。

我从前读过几次这本书，并不是特别喜欢，正如剧中的劳伦斯修道士说的："最甜的蜜固然本身是味美的，可是不免有一点腻，吃起来要倒胃口。"罗密欧与朱丽叶的爱就像这样，太甜腻了。我的情感观念比较接近劳伦斯说的："所以要温和的爱，这样方得久远；太快和太慢，其结果是一样迟缓。"

每个人在年轻的时候，多少有一点罗密欧与朱丽叶的激情，在梦与醒的边缘、在爱与恨的分际挣扎。爱的时候，不要说对自己、对月亮起誓了，甚至对着皇天后土、宇宙洪荒起誓，恨不能得自己切成一片片放在爱人面前来表明心迹；可是激烈的情爱也导致深刻的仇恨，很少人能在爱人离开时抱着宽容与感激的心情，大多数人都恨不得把负心的人切成一片片来祭祀自己情感的伤痕。

这使我们明白：爱与恨是同一本质的事物，人人都说罗密欧与朱丽叶是个悲剧，但他们到死的那一刻都还坚心相爱，因此他们不是最惨痛的悲剧，从激情的爱转成激烈的恨的情侣才是最惨痛悲苦的。在"风涛泪浪、交互激荡"的失恋的人，想到从前指着月亮发誓的场面，每一次想到所受的折磨都仿佛是死过一回，从这个观点来看，罗密欧与朱丽叶算什么悲剧呢？简直是值得羡慕的团圆了。

在莎士比亚的眼中，爱与恨有一条直通的快捷方式，也可以说是相似的事物，他透过剧中的劳伦斯修道士说：

啊！草、木、矿石，如果使用得当，
都含有很多的伟大的力量：
世上没有东西是如此的卑贱，
以致对于世界毫无贡献，
同时物无全美，如果使用不善，
也会失去本性，惹出祸端；
误用起来，善会变成为恶，
好好利用，有时恶亦有好结果。
这朵小花的嫩苞含有毒性，
也能用以治疗某种疾病：
这花只要一嗅，香气贯通全身；
口尝一下便能麻痹一个人的心。
人与药草原是一样，
内中有善有恶，互争雄长，
恶的一面如果占了上风，
死亡很快地要把那植物蛀空。

同时，在《罗密欧与朱丽叶》中也说明了爱与恨都不是永恒的事物，它终有结束之日。爱虽使人说出："你的眼睛比他们二十把剑还要厉害，你只要对我温柔，我不怕他们的敌意"；也让人感受到："一个情人可以跨上夏日空中荡飘的游丝而不会栽下来"；

可是，莎士比亚也说："爱神的样子很温柔，行起事来却如此的粗暴"，"爱情是叹息引起的烟雾，散消之后便有火光在情人眼里暴露；一旦受阻，便是情人眼泪流成的海。"

看清爱与恨在人生中的实相，对我们坚定的步伐是有帮助的，被恨淹没的人是多么愚痴，但被爱所蒙蔽的人不也是一样无知的吗？如果我们能以清明的心来对待爱，并且以更超越的爱来宽恕失落的情意，才能让我们登高，看到人生中更高明的境界。

不要指着月亮发誓，因为月有阴晴圆缺；如果要发誓，请对着自己发誓——让我们真诚地对待人间的一切情爱吧！尽我的所能不去伤害对方，不伤害自己！让爱或恨都能升华，化成我生命中坚强的力量。

乘之笔记

一

小乘最稳固的基础，就是出离心。

但是小乘行者还有着微细的恐惧，就是畏惧再落入无知的世间轮回里。

大乘最稳固的基础，就是菩提心。

大乘行者由于体验到人我不二，以及轮回与涅槃的无住经验，这样可以抛弃任何依赖，得到广大与超越的承当，无所怖畏。

金刚乘最稳固的基础，就是经验本身。

金刚乘的经验世界有当下、空性、光明、灿烂四种性质，当下是来自小乘的修行，空性是来自大乘的训练，光明与灿烂是来自威严与力量。

二

小乘是一切修行的起点，它的力量来自于生活的挫折，希望追求一个永恒、独立的自我。它追求的解脱之路，可以破除自我的执着。

当我们减弱自我的执着，自然就生起开阔伟大的心量，这就是大乘道的起点。它对空性能产生明白的透视，这种透视使大乘成为菩提心、慈悲心、般若智慧的结合。

由大乘教法的广大心量生出金刚乘，它采果为因，把自己与佛、众生交织成密密的网，它以加持根本（上师）、成就根本（本尊）、事业根本（空行护法）三种根本，来转化自己的身口意成为佛的身口意，这种密密交织的佛能，使人达到当生成佛的愿望。

三

乘是船，小乘是小船，大乘是大船，金刚乘是坚固船。

小乘之船以四圣谛（苦、集、灭、道）八正道（正见、正思维、正语、正业、正命、正精进、正念、正定）为桨。以四种思维（一、人身难得；二、生死无常；三、因果不坏；四、轮回过患）为船头，然后航向解脱的彼岸。

大乘之船以四无量心（慈、悲、喜、舍）四摄（布施、爱语、利行、同事）为桨。以六度（布施、持戒、忍辱、精进、禅定、智慧）为船头。它竖起利益一切众生、令一切众生解脱的船旗，航向清净无畏的彼岸。

金刚乘之船以无上瑜伽（有相的气、脉、明点与无相的俱生空明）为桨，以大手印觉悟为船头。它升起究竟圆满的旗帜，航向温暖开阔庄严的彼岸。

只要是真实的行者就是伟大的，小乘、大乘、金刚乘都殊胜而有灿烂的光芒。

一艘破裂的金刚船或大船，其实不如一艘坚好完整的小船有用。

在呵斥小乘的时候，先回头看看我们的船板吧！

菩提心笔记

一

《华严经》说："忘失菩提心，修诸善法，是名魔业。"这是非常重要的观点，虽说"佛魔不二"，但佛魔有正反，其中最大的差异是菩提心——若有菩提心与正知见，绝不落入魔道。

经上说，魔王波旬在因地中也修行十善业，禅定境界则达"未到地定"，由于未发起菩提心，以善业福报及禅定修行报生于欲界顶天，是为魔王。

可见善不善还在其次，菩提心才是要紧。

正加省庵大师说的："大抵西方佛国，非悠悠散善所能致。""苟不以生死大事为急，而孳孳为善。所作善事如须弥山，皆生死业缘，有何了日？善事弥多，生死弥广，一念爱心，万劫缠缚，可不惧耶？"

二

省庵大师是净土宗的第九祖，他悲心苦劝人发起菩提心，写过一册千古不朽的著作《劝发菩提心文》。

我每读此文，心皆悲痛，他在开头时说：

> 不肖、愚下、凡夫僧实贤，泣血稽颡，哀告现前大众及当世净信男女等，唯愿慈悲，少加听察。尝闻入道要门，发心为首；修行急务，立愿居先。愿立则众生可度，心发则佛道堪成。苟不发广大心、立坚固愿，则纵经尘劫，依然还在轮回，虽有修行，总是徒劳辛苦。

结尾时他说：

> 唯愿大众，愍我愚诚，怜我苦志，同立此愿，同发是心。未发者今发，已发者增长，已增长者今令相续，勿畏难而退怯，勿视易而轻浮，勿欲速而不久长，勿懈怠而无勇猛，勿委靡而不振起，勿因循而更期待，勿因愚钝而一向无心，勿以根浅而自鄙无分。……

写来真是字字血泪，我想，像省庵大师看到众生无明，愚痴无智，信邪倒见，流露出菩提之心，写出震古烁今的宏文固令人赞叹，我们修行人也都应如此，让菩提心发起，才不枉祖师们的一片苦心。

三

唐朝裴休居士说"菩提心"有三种本质：

一者大悲心，既悟自心本无生灭，遂悲六道枉受沉沦，己虽未证菩提，且愿众生解脱，于是广发同体大悲。尽未来行四摄法，摄彼众生，皆令归真，同成佛道，此即大悲心也。

二者大智心，即兴大悲，誓度群品，品类既多，根器不同，既须广事诸佛，广学妙法，一一证入，转化众生，此即大智心也。

三者大愿心，既欲广度众生，遂兴广大悲智，然心虽本净，久翳尘劳，习性难顿消除，法器须资磨炼，自慢轮间诸趣，不遇佛法胜缘，故发大愿，备修万行，行愿相资，犹如车翼，运行不退，直至菩提，此即大愿心也。

光是慈悲，不是菩提心；光是智慧，不是菩提心；光是愿力，不是菩提心。有了慈悲的智慧才会温暖，有了愿力的智慧才会广大；有了智慧的慈悲才会长久，有了愿力的慈悲才会真实；有了慈悲的愿力才会深刻，有了智慧的愿力才会清明。

圆满的菩提心因此具有大悲、大智、大愿的具足，缺一不可。

《华严经》说得多好："菩提心灯，以大悲为油、大愿为炷、大智为光。"

四

佛教里说受了三皈依就有三十六个护法。

受了五戒，又有二十五个护法。

因此，受了三皈五戒的众生就有六十一位护法，这护法指的是天龙八部、人、非人等。

这些护法固然重要，但是我觉得学佛的人最大的两个护法，一是菩提心，二是正知见。

正知见是盔甲，可以防护魔军；菩提心是宝剑，可以摧伏邪魔。

"正知见"与"菩提心"是统领，它们麾下的四位大将是慈、悲、喜、舍四无量大将军。四无量大将军旗下又分八营：布施、持戒、忍辱、精进、禅定、智慧、福德、出世。

一个人只要永不失去正知见与菩提心，则永不为魔眷。

在《小品般若经》恭敬菩萨品里，佛陀对阿难说："若菩萨不离般若波罗蜜行，尔时恶魔则怀忧恼，如箭入心，放大雨雹，雷电霹雳，欲令菩萨惊怖毛竖，其心退没于阿耨多罗三藐三菩提，乃至一念错乱。"

失去正知见，则恶魔"得其便"；失去菩提心，则恶魔"大欢喜"。

在《小品般若经》称扬菩萨品里，佛陀对须菩提说：

"菩萨成就二法恶魔不能坏，何等二？一者观一切法空。二者不舍一切众生。菩萨成就是二法恶魔不能坏。"

"观一切法空"是正知见，"不舍一切众生"是菩提心。

五

"无我"并不是对于"我"的否定，而是指离开对于"我"的一切执着。

"菩提心"也不是另外找一个心，而是指对于心的更广大更深刻的开启。

开启了菩提心可以破除"我"的执着，使我们进入"无我"的境界。

菩提心乃不是"无心"，而是"无所住而生其心"。

六

缺乏智慧的慈悲，容易软弱；缺乏慈悲的智慧，容易僵硬。

失去智慧的慈悲是烂慈悲，失去慈悲的智慧是坏智慧。

七

每个人都有更深更高的自我，那就是菩萨。

若能找回自己更深更高的自我，菩萨就在心中，心中就有菩萨。

人把心提到更深更高的境界，就是菩提心了。

水深处更平静、更清澈；天高处更明亮、更广大。

云深处更温和、更柔软；山高处更开阔、更清新。

所谓人心的更高更深，也是如此。

八

如果不能达到"空"，就没有真正的"大悲"。

如果没有"大悲"的实现，"空"就没有意义。

"空"是"般若"；"大悲"是"方便"。

菩萨不可只有般若，而没有方便。

般若是箭，方便是弓弦。

没有"般若"的"方便"，就像没有箭的弓弦。

以般若之箭，搭在方便的弓弦上，射中生命内部红心的悟，
就是"菩提"。

九

不杀生、不偷盗、不邪淫、不妄语、不饮酒对有菩提心的人
来说，有如大地生出花草树木，是自然的萌发。

未发菩提心的人，则由戒杀生、戒偷盗、戒邪淫、戒妄语、
戒饮酒可以培养菩提心，有如埋种于大地，终究会得到萌发。

十

“西方净土”就是菩提的世界。

在那里，有黄金的大地，有珊瑚、玛瑙、琥珀的水池，有澄净、甘美、清冷的水，有长着七宝的树木，有车轮一样的五色莲花，有唱着三宝之歌的白鸟与孔雀，有从空中落下的美丽之花，有无数无量的菩萨与阿罗汉……

净土，是至美之土、至善之地、至清净的所在，这是佛的菩提所显现的世界，也是众生因菩提而登临的世界。

净土是以现世的、相对的世俗之乐作描述，其实，它是绝对的菩提所实践而成的地方。

把净土的空间定在西方、时间定在来世，是一种方便说法，净土是超越时间与空间的。

净土，乃是菩提之土。

有菩提之地，即是净土。求净土之心，是菩提心。

十一

三界是“迷的世界”。

菩提是“悟的世界”。

菩提心是去迷求悟的心。

十二

菩提心是断一切恶的心、修一切善的心、度一切众的心。

无上菩提心是愿作佛心、愿度众生心、愿救众生令生佛国心。

十三

我们一发起菩提心，就仿佛佛结伽趺坐于我们现实的心上。

我们一发起菩提心，就仿佛张开明亮的眼，能在一朵野花上，看见宇宙无限的神秘，感觉自己的心是一朵花。

菩提心是山河大地心，菩提心是日月星辰心，菩提心是火中生莲心，菩提心是无量、无边、无上的心。

从餐桌做起

我吃全素到现在已经有四年多的时间了，刚吃素的时候，许多亲戚朋友都为我担心，因为在一般人的观念里，总认为素食的营养不够，而且在现代社会人人以鱼肉是尚，吃素是非常不方便的。另外，老一辈的中国人非常相信热补，总觉得素食里的豆类、青菜、萝卜都是"性冷"，吃了不能补身，也就是说，认为素食不补，要虎鞭、蛇血、炖鸡、醉蟹这些东西才补。

在立下吃素的愿望时，我就不在乎营养是不是够、吃饭是不是方便、素食是不是补的问题，因为我的素食动机与这些毫无关系，我是由于佛教的信仰才素食的。

佛教为什么主张素食呢？主要是为了"慈悲"，是为了"不忍食众生肉"。其次，是为了深信因果，依佛所教，一刀一命所造成的恶因，在受报时是绝对不会落空的，佛经里说"菩萨畏因、众生畏果"，是说菩萨不造恶因，是知道果的可怕，而众生迷迷糊糊地过日子，造下许多恶因，他们只害怕苦果，却很少想到苦果的原因。最后，是为了"清净"，我深信素食者较容易身心清净，身心清净是修行的一个很重要的基本。我的素食也是由这三个观点出发。

关于慈悲，是佛最重要的教化，没有慈悲心的人根本不配称为佛的弟子。慈悲心当然可以从生活的各处显现出来，但是最直接最简单的表达没有比吃素更好的了，想一想，我们走路时不小心踩到一只钉子都会痛得死去活来，我们桌上的众生之肉，要经过被宰杀、剥皮、肢解、烹煮的痛苦，怎么能忍心下筷子呢？当我们不忍心下筷子时，就是慈悲心油然的流露。

我说众生的肉被端上餐桌要历经许多痛苦，绝非虚言，就以现代人最爱吃的活煮虾蟹来说，在热锅中活烧而死的虾蟹，就有如经历了地狱里的沸汤大狱，它们在里面痛苦地爬行跳跃不能解脱，最后含恨而亡，全身尽赤，这是多么痛苦的煎熬！

蟹虾还不是最痛苦的，以市场上的青蛙为例，一只青蛙从被杀一直到吞进人的腹中，经历有如受八种地狱之苦：一、断头地狱。二、剥皮地狱。三、落足地狱（去掉四只脚爪）。四、剖腹地狱（挖空内脏）。五、沸油地狱（或炒或煮）。六、碱糟地狱（调和五味）。七、磕石地狱（牙齿咬啮）。八、粪尿地狱（流入肠胃直到排出）。若能把自己观想成一只蛙，稍有心肠的人就会吃不下去。

人间集体的痛苦里，最甚的莫过于刀兵的劫难，我们看南京大屠杀或纳粹杀犹太人的影片资料，很少人能不动容落泪、义愤填膺。可是刀兵劫在人间可能数年、数十年才有一次，而在畜牲道里则是无日无之，对于吃荤的人，每次办一桌酒席，屠杀的众生何止千百，这不是一次刀兵的劫难吗？

为了众生不因我们的口腹之欲而受难，实是最起码的慈悲心，以慈心故，所以不杀；以悲心故，所以不食。

有两个有关慈悲的故事，我读过后非常感动，永不能忘。一个记载在《护生录》里：

> 学士周豫，煮鳝鱼里，看见有一条鳝鱼的身体弓起，以头尾就沸汤中，腹部则弯立于汤外，至死都不倒下。周豫觉得非常奇怪，把那条鳝鱼捞起来剖开，发现腹中原来有鱼卵无数，为了护子而弯身避开汤水，他看了恻然泪下，感慨不已，发誓永不食鳝。

这个故事告诉我们，众生不是无情无识，也不是无知无感的。另一则记载在《起世因本经》里：

> 忉利天的天王与阿修罗作战，双方打得难分难解、不分胜负。天王领兵而返时，看见路旁大树有金翅鸟巢，心想："若带兵过此，巢中鸟蛋必被车马震落。"遂令千辆战车折返原路。阿修罗看见帝释回转，心中惊怖，大溃而逃。

经典上的结论是"以慈力故，帝释得胜"。这个故事告诉我们，慈悲看起来好像没有什么，其实有极大的力量，佛经上常用"慈悲力"，可见慈悲的力量很大。佛教徒要发挥慈悲的力量，就要学帝释一样，宁可千辆战车换路而行，不忍心震落一窝鸟蛋。

《楞严经》里说："食众生肉，断大悲种。"积极地说，不吃众生的肉，就是在培养大悲心的种子，一个人不吃荤食，慈悲心自然地会长养出来，为了"不断大悲种"、为了"长养慈悲心"，我选择素食，而且这是最重要的理由。

其次，关于因果。佛教的因果说法固然千变万化，但是它的基本观念很简单，就是"善有善报、恶有恶报；不是不报、时候未到"。若从这个观念出发，我们吃众生的一块肉，将来必有一块肉之报；我们杀众生一条命，将来必有一条命之报。若从长远处看来，吃众生肉是一件多么可怕的事，众生临死之前没有欢喜的，不是恐惧，就是愤怒；不是含怨，就是怀恨，这些要报在谁的身上呢？

因果难以考证，想起来也蛮遥远。就以今生来说，食肉也要受恶果，医学界已发现像血管粥状硬化、心脏病、高血压、脑充血、中风、胆结石、肝硬化、癌症都与动物油脂及胆固醇有密切关系。所以，吃荤的因果历历在目，既然同样都可以过日子，又对健康有益，还不必担心将来的因果问题，为什么不吃素呢？这是我决定素食的第二个理由。

我吃素的第三个理由是想要使"身心清净"，这一点似乎有些费解。美国有一位素食医生说得最好："在吃饭时，不必担心你所吃的动物是死于何种疾病真是一件好事。"这指出了通常动物不是百分之百健康的，临死前还会分化毒素，我们吃了动物的肉，无疑也吃下这些疾病与毒素。

根据《大英百科全书》记载，身体中的毒素，包括尿酸与其他有毒的排泄物，会出现在血液与身体组织内，因此提出了中肯的见解："若是与牛肉中所含的百分之六十五不净的水分相比较，从坚果、豆类及谷类中所得到的蛋白质，显然要纯净多了。"素食确实比肉类清洁，也比肉类容易保持新鲜，在素食中与肉类相同的营养成分里，每一样都比肉类干净、纯粹。我们知道，肉类是很容易败坏的，鱼虾类半小时就开始有异味，而肉品则在一小时就开始腐化了，素食则无此弊，一般菜蔬放个三五天绝无问题，豆类虽容易酸坏，却极易辨别。

现代的素食纵使有农药之弊，但比起肉食是干净得多，一个人常吃清静的食物，身心较能处在清静的状态，这是理所当然、事所必致，不可怀疑的。

还有一个素食者常被问起的问题，就是为什么葱、韭菜、洋葱、大蒜不能吃呢？这也与清净有关，《楞严经》讲："诸众生求三摩提，当断世间五种辛食。此五种辛，熟食发淫，生啖增恚。"又说："如是世间食辛之人，纵能宣说十二部经，十方天仙嫌其臭秽，咸皆远离。"意思是说，五辛会使人起淫念、脾气暴躁、身体臭秽，这些都是不清净的，一个人身心不能清净，修清静法怎么可能成功呢？这就是为什么《大乘入楞伽经》要这样说的道理："夫血肉者，众仙所弃，群圣不食……夫食肉者，诸天远离，口气常臭……肉非美好，肉不清净，生诸罪恶，败诸功德，诸仙圣人之所弃舍！"

这些年来，我很少把心思放在吃东西上面，吃素的心得其实很少，不过，这三个理由已经使我觉得理直气壮，至于吃素是不是更有营养、是不是有什么功德、是不是增进世界和平，真的是

"犹其余事"耳！

我所坚信的是，一个人要学佛、要进入佛的慈悲要智慧，必须先从餐桌做起。英国有一位提倡素食的华尔绪博士，曾说过一句名言："要想避免人类流血，便须从餐桌上做起。"放眼今日，食则一席千命，衣则貂皮蚕丝，履则鳄皮牛革，淫则倚翠偎红，这样的地方要在餐桌上悟得慈悲、因果、清净的智慧，似乎蛮艰难的，此地长久的平安富足想起来就令人忧心了。

梦非梦·病非病

时常有人对我谈起梦与病的问题，有的被病的因缘所苦，有的被梦的意义所困。当人被梦或病困扰的时候，不免会问：到底是为了什么呢？

尤其是开始信仰佛教的人，似乎对这个问题特别敏感。一般人生病或做噩梦是很正常的事，生了病就去看医生、吃药、打针、开刀、住院，如果不是致命的病，总有康复的一天。做噩梦就更简单了，梦醒时顶多吓出一身冷汗，仍然要去面对生活与工作，很快就把梦丢掉了。

可是，一个人开始信佛学佛以后，病与梦反而变成不简单。从前的感冒，看一下医生就好了，现在得了感冒就会想：是不是业障现前了？是不是走火入魔了？是不是冤亲债主来要债了？于是疑云重重，原本两天就会好的小感冒，因为心里沉重的负担，过了两个月还在那里发烧。好不容易到三个月，病才好起来，就想：自己已经躲过一次大魔考或大劫数了。

还有一种更严重的，自从学佛以后，生病就不肯看医生，认为生病是在了业缘、消业障，不管家人怎么相劝，他也不肯上医院。然后天天在家里念佛号、喝咒水，祈请菩萨加被，这种虔诚的精神当然令人敬佩，病如果好了就好，万一病还是不好呢？是不是反而引起不信佛的家人起疑谤心？如果再久一点还没有痊愈，连自己的信心都退失了，甚至对佛菩萨起了疑心，心里就这样嘀咕："我这么信仰你，为什么你不来救我？"或者说："像我这么虔诚的人都不能得到菩萨的垂怜，菩萨的大悲心到底在哪里呢？"像这样，病不好还不要紧，连佛菩萨都连累了，甚至断送了自己的大悲心种子，是多么可惜可叹！

当然，生病的时候念佛、持咒、喝咒水都是绝对有效的，只是有时自己的福德因缘如此，需要医生菩萨扶我们一把罢了。我们在相信菩萨的时候，要知道人间到处都有菩萨，而且我深信：这个在娑婆世界做医生的人，他们都是久已发菩萨愿行的菩萨来示现的，虽说这个世界也有坏的医生，他们只能说是"菩萨也有隔阴之迷"，从大的角度看，所有的医生都可以说是菩萨。

佛陀告诉过我们："有生就有死，有生就有老，有生就有病。"连大悲世尊都会生病，何况是我们凡夫？生病是不可避免的事，菩萨固然可以治我们的病，但那能治我们病的医生不就是菩萨吗？

还有一个与病十分相似的东西，就是梦。

做梦本来也是自然的事，可是信佛学佛的人，有一些就会着在梦里，例如梦到出家人、梦到寺院、梦到听经、梦到佛菩萨，乃至梦到一切的好境，那一天就会心情很愉快，舍不得忘掉那个梦。反过来说，当梦到血、梦到毒蛇、梦到大火、梦到恶鬼、梦到杀人或被追杀，乃至梦到一切的坏境，那一天就很不快乐，一直在想：这梦到底是什么征兆呢？有的人一星期、一个月都在分析某一个梦的意义，一个梦还没有想通，连续又做了好几个梦，这下更糟了，天天胡言梦语、没完没了。

到底梦与病是怎么回事？佛教如何看待梦与病呢？

我们就先来说梦吧！

中国古人说："日有所思，夜有所梦"，意思是我们白天想什么，夜晚就会出现在梦中，有的是充满象征，但仍不脱白天的想象。问题是，我们有很多梦，甚至大部分的梦，是我们想都没想过的，因此这种说法并不完整。

现代的心理学家，认为人的梦是意识与潜意识在我们睡眠时的抬头。有一些学派，例如弗洛伊德学派更把梦说成是性与情欲的表征。但很显然的，我们的梦不是性与情欲可以解释得清楚，性与情欲只是人生的一部分，在梦中当然只能解释一部分。这些学说是有道理，仍然是不完整的。

那么，我们佛教怎么样来看梦呢？

依照佛教经典，所有的众生都会做梦，即使是证得果位的修行者也不例外，唯一不会做梦的只有佛。老庄所说的"至人无梦"也接近这个境界。

在《毗婆沙论》里说："异生圣者皆得有梦。圣者中从预流果乃至阿罗汉独觉亦皆有梦，唯除世尊。所以者何？梦似颠倒，佛于一切颠倒习气皆已断尽，故无有梦。如于觉时心心所法无颠倒，转睡时亦尔。"

这段话告诉我们两个重要的观点，一是梦为颠倒习气的显现。二是一个人如果在清醒时可以完全做到心不颠倒，睡觉时也不会颠倒。这是《心经》上说的："心无挂碍，无挂碍故无有恐怖，远离颠倒梦想，究竟涅槃。"

《大智度论》说："梦有五种，若身中不调，若热气多则多梦见火、见黄、见赤。若冷气多则多见水、见白。若风气多则多见飞、见黑。又复所梦见事，多思维念故则梦见。或天与梦欲令知未来事故。是五种梦皆无实事而妄见。"这是说梦有五种情况，除了热气、冷气、风气会使人做梦，多思维会使人做梦，另一种情况是天人的托梦，这最后一种状况是西方心理学家提也没提过的。然而，不管是哪一种梦，都没有实际的情况，只能说是"妄见"。

在《善见律》里也有类似的说法，不过说得更细微，把"梦"的种类分为以下四种：

一、四大不和梦——或梦山崩，或梦自身飞腾虚空，或梦虎狼及劫贼追逐，此因地水火风之四大不调，心神散逸。

二、先见梦——随白天所见到的而做梦。

三、天人梦——当一个人做善事时，感动天人而示现，来增长他的善根；如果是作恶，天人也会感通，使他害怕恶行而生出善心。

四、想梦——常常思考或追忆的事情，往往会出现在梦境里面。

把梦分成这四种，使我们知道一切梦都可以分析检验，若能以此检验，梦虽是妄见，却能给我们一些预示与启发。这使我们知道梦虽非真实，却也绝不是空穴来风。

在佛教经典里，我们会看到佛陀有时也帮弟子解析梦境的意义，同时也有许多关于梦的记载。即使佛陀有时也给人梦的感通，经上记载，在佛陀入灭之前，有忉利天宫的摩耶夫人与在娑婆世界的阿阇世王同时做了一样恐怖黑暗的五种梦兆，不久，佛就涅槃了。

可见佛经里虽然告诉我们梦是妄见，却不排斥梦的经验，意思是，我们要认识梦而不要着于梦，我们要善用梦的修行而不要迷于梦。梦其实很能给我们"无常""一切是空""妄想非实"的智慧，不是全然无用。在佛教也有以梦来修行的法门，禅宗的祖师有的是在梦中开悟，密宗的上师在修行过程里也时常以梦来教化，净土宗的修行者则有更多往生前菩萨示梦的事迹，这些都在教化我们不要着于梦，却也不必完全忽视梦。

甚至在最殊胜的《法华经》里，都说到行四安乐行的人，梦中会感到五种好相：

一、见佛为众生说法。

二、见己为众生说法。

三、见由佛授记。

四、见修菩萨之道。

五、见己八相成道。

从这里也说明了，梦是与佛菩萨交通的道路，佛菩萨也时而在梦中方便教化。有时，梦对修行人来说是一种检查，许多经典都告诉我们，只要多诵经、多念佛，就可以睡得安稳、不做噩梦，因此，一个人多做好梦，少做噩梦，也是一种福报和功德。因为梦中的恶，虽没有真实发生，对心的伤害与真实发生的事也没有什么不同。

经典告诉我们，我们睡觉所做的是梦，而我们实际的生活何尝不是"梦中之梦"呢？有些时候，"梦"与"梦中之梦"是不太分得清的。我们来看看下面两个故事：

从前在冀州有一个小孩子，他最喜欢找鸟巢中的鸟蛋来吃，吃过的鸟蛋无数。有一天睡觉的时候，梦到一个人对他说："某个地方有许多鸟蛋，我带你去拿。"就牵他的手到桑田里。小孩子忽然看到小路上有一座漂亮的城，有很大的马路，到处笙歌。

小孩子奇怪地说："什么时候有这座城？"那人对他说："不要讲话。"就带他进城去，城门忽然关闭，满城热铁，烙伤了小孩的脚足，痛不可忍，他哭着奔跑到南门，南门就关闭了，跑到东门也关上，西门、北门，也是如此。

这时有采桑的人，看到他在田里号哭奔跑，冲过来冲过去，以为他中邪了，赶紧跑去告诉他父亲，父亲到了桑田，大声叫他，小孩子应了一声才倒在地上，城市和铁火都不见了，父亲看他的脚，自膝盖以下全被火烧得焦烂了。

这是《好生录》里的故事，后世有人评注，说小孩梦里听见有蛋可拿就跟去，是自心显现的无明，桑田中有城市是自心所现的冤业城，满城是火是自心所现的烦恼火，城门都关闭是自心显现的牢狱门。

这个故事告诉我们，梦与人生都是自心所造，梦境也是心的作用，这种作用是随业报而显现。

另一个故事是说：

有一个禅师受一对母女供养，经过十几年的修行还没有开悟，心里非常过意不去，就向母女告辞，希望再去找明师修行，那一对母女就准备了四个马蹄银要让禅师带在路上使用。

禅师住在那里的最后一晚，夜得一梦，梦见四个童子捧一朵莲花来接他，禅师心想自己并未修念佛法门，何以有莲花来接呢？加上自己还想继续修行，就没有上那朵莲花。但四位童子一直不走，显然在催促他，他只好随手拿起身边的木鱼放在莲花上，童子才捧着莲花走远了。

第二天清晨，有人来敲禅师的门，是那一对母女，手中拿着木鱼问道："这是师父的木鱼吗？"禅师看了很吃惊，原来是昨夜放在莲花上的木鱼。就问是什么缘故。

老母亲告诉禅师，昨夜马房里的母马分娩，生了半天没生出小马，却生出那一只木鱼来。

禅师听了，吓出一身冷汗。

从以上的两个故事，我们应知道为什么好梦坏梦均不可执着，而梦与现实之间只是一条线的距离，修行者连现实都不应执着，何况是执着于幻灭之梦。

我自己对待梦有一个方法，遇到好梦时总想这是个好兆头，让清晨保持微微喜悦的心情；遇到噩梦时则把它当作是在消业障，幸亏是在梦里消了这业障，若发生在真实生活就惨了。能这样想，一切噩梦也不会那么恐怖了。

佛教最著名的梦，是《阿难七梦经》里，佛陀曾详细为阿难解梦，这是大家熟知的"阿难七梦"：

阿难在舍卫国时曾经做了七个梦：

第一个梦：在池塘里燃烧着火焰。

第二个梦：日月和星星都隐没了。

第三个梦：比丘掉在不干净的坑。

第四个梦：群猪冲撞檀香树树林。

第五个梦：自己头上戴着须弥山，却不感到沉重。

第六个梦：大象丢掉小象不管了。

第七个梦：狮子王的头上有七根毛掉在地上，一切禽兽都害怕不敢靠近，后来从毛中生出虫来吃掉了毛。

阿难百思不解，就去请教佛陀，佛陀说："这是将来佛教的预兆呀！"然后，佛陀为阿难解梦：

第一个梦表示将来的比丘，恶逆炽盛如火燃烧。

第二个梦表示佛涅槃后，许多圣者也涅槃，众生眼灭。

第三个梦表示将来一些比丘会下地狱，居士反而升天。

第四个梦表示将来俗人会进入寺庙，毁谤僧宝，甚至害塔破僧。

第五个梦表示佛涅槃后，阿难是说出经典的人，一句也不会忘失。

第六个梦表示将来的世界邪见炽盛，会破我的佛法，有德的人反而隐没不见了。

第七个梦表示我涅槃后一千四百七十年中，我弟子修德的心，一切恶魔都不能扰乱，但有的弟子行止不依法而行，反而毁坏了佛法。

幸好有佛陀解梦，否则我们看了阿难七梦，岂不是丈二金刚摸不着头脑？因此梦不是不能解，而是如果不能见到真正的实相，梦仍然是没有意义的。

在《大般若经》里，佛陀曾对善勇猛菩萨说：

"复次善勇猛，如人梦中说梦，所见种种自性如是。所说梦境自性总无所有，何以故？善勇猛，梦尚非有，况有梦境自性可说？"

我们不要说人生是真实的，我们所经历过的人生，现今何在？我们未来要经历的人生，又在哪里呢？这不是梦吗？人生的梦已经是不实了，何况是人生梦里所做的梦？

当我们理解了梦，就比较能理解人生的病痛了。

凡是投生到娑婆世界，病痛就是不可避免的，经典上告诉我们，人生有七法不可避免：

一、苦乐之生不可避。

二、老不可避。

三、病不可避。

四、死不可避。

五、罪不可避。

六、福不可避。

七、因缘不可避。

因此，病是绝对不可避免的，只要有报身就会有病，不只是一般凡夫，连大菩萨，甚至伟大的佛陀都不能避免。佛陀圆寂之前是在毗舍离国的竹林园村结夏安居，因受不了暑气和长雨而发生疾病，他忍住疾病勉强往北继续说法，最后在优钵滑他那沙罗树林时倒下了，然后佛陀就入灭了。

佛陀会生病，对经常在病中的众生是很大的安慰与启示，我们学佛的人也应该在病中得到安慰与启示。对于病与不病，我们都应该同等看待，如果能认识到此身非我有、四大本空、无常是苦，在病中反而更能生起我们的精进之心、菩提之心！

病，是人生业障因缘的显现。

智者大师在《止观》里，说到生病的六种因缘，与我们刚刚提过的梦的因缘有一些相似，他说：

一是四大不顺得病。

二是饭食不节得病。

三是坐禅不调得病。

四是鬼神所作得病。

五是魔神得便得病。

六是业缘所感得病。

智者大师的说法，几乎已概括了所有的疾病，他也教我们如何来对治不同的病：像四大不顺、饮食不节的病就应该去看医生；坐禅不调的病应由老师指导，或发起精进；鬼神所作的病应该念佛持咒；业缘所感的病就应该忏悔。

尽管病的因缘不同，但病绝不会无端生起的，因此得病的时候应该勇于承担，坦然面对，如果我们不能承担自己的病痛，还谈什么解救众生的疾病呢？

更明确的说法是：病也是修行。

在《止观》的修行法门里，有十种通向菩萨不可思议十法界的观法，其中第三种就是"观病患境"，是说修行者在生病时，应该观病生起的原因，认识自己的病，然后对治它，最后把病治好，这整个过程就是修行。这"观病患境"可以使人观到"病患法界"，有点类似维摩诘居士的示疾，知道生病本身就是不可思议法界。所以，不可小看生病的修行。

在《涅槃经》里说到菩萨的五种修行，其中一种就是"病行"，所谓病行，是菩萨以大悲心来治众生罪业的大修行，想想看，菩萨若没有经过病行，如何知道众生的病来对治呢？而菩萨以悲心来承担众生业障而得病，是多么动人的修行呀！

我们一起来读《维摩诘经》中的句子，会让我们更理解"病行"或"病患法界"：

从痴有爱，则我病生；以一切众生病，是故我病；若一切众生得不病者，则我病灭。

菩萨为众生故入生死，有生死则有病；若众生得离病者，则菩萨无复病。

菩萨疾者，以大悲起。

是病非地大，亦不离地大。水、火、风大，亦复如是。而众生病从四大起，以其有病，是故我病。

设身有苦，念恶趣众生起大悲心，我既调伏，亦当调伏一切众生，但除其病，而不除法，为断病本而教导之。何谓病本？谓有攀缘，从有攀缘则为病本。

……

在《维摩诘经》里对菩萨的病、众生的病说得非常明白，最后维摩诘对文殊师利菩萨说："如我此病非真非有，众生病亦非真非有。"因此，如果我们说夜里做的梦是"梦中之梦"，菩萨的病就是"病中之病"。

矢志修行的人因而不要太在乎、太执着自己的病，应该多思考、多关心众生的病，这样才能即使在病中，也生起勇猛的、庄严的、无畏的大悲心。

只有大悲心才能治众生的病，只有大悲心才能使菩萨无复病，甚至在病中也能无怨无悔。

禅师有两句偈："高高山顶立，深深海底行"，是在说明修行者兢兢业业的历程，如果拿来解释梦与病，"高高山顶立"是梦的展现，"深深海底行"是病的考验，唯有通过实观，我们才能一边放眼、一边沉潜，永远不失去立足的所在！

附　录

清泉初唱

—— 访林清玄谈 "现代佛教徒的形象"

文 / 郭乃彰

前记：今年年初，《文殊》杂志的郭乃彰小姐来访，以"现代佛教徒的形象"为题相询，谈了许多我对佛教的看法，事后刊登于二月号的《文殊》，有一些颇可参考，故加以整理增删摘录在这里。

——林清玄

问：您心目中佛教徒的形象是怎样的面貌？

答：我未学佛之前，印象中的佛教徒可以分三方面来谈：一是给人的感觉很保守，生活、行为、思想比较严肃。二是对现代知识和社会情况比较疏离，缺乏参与的热情。三是生活的方式比较呆板，对现实生活没有参与感。

在我的心目中，一个人学佛以后，如果就自外于社会，成为亲戚朋友、社会群众中特殊的人，是非常值得忧虑的现象。有很多佛教徒口口声声说"解救众生""普度众生"，言下之意仿佛自己高高在上，要去拉拔那些在下面的众生，无形中把自己与众生之间画出一道鸿沟，其实，佛教徒自己就是众生，并非把自己拉开，另外有众生。

所以，我认为理想中的佛教徒形象应该具有三种特质，一是过正常人的生活，所谓正常，是指应该拥有朋友、家庭、社交活动等群体生活，有生活的兴趣与爱好。

二是对社会保持热情关心的态度。现代社会的一切现象都与佛教徒有关，可以说凡与众生有关的事就与我们有关，怎么能对社会漠不关心呢？

三是要对学习现代知识保持兴趣。现代知识为什么那么重要呢？因为如果没有饱学世间的知识就无法随顺众生，也就难以方便接引众生，当然，也不可能达到辩才无碍的境界了。

现在我各举一些例子来说明。像佛教徒为什么要过正常人生活呢？有一些佛教徒误解了出离心，认为要隔离人间的生活去往生净土，往生净土当然没有错，但是往生净土不是指死后才开始，往生净土也不是要背弃人间，如果不能学习在人间寻找智慧、开启慈悲，就很难与净土相应。我们设想一个佛教徒学佛之后，他只要出世法，不要入世的一切，那么他就会成为人群里的"怪物"，他的心胸、气派反而狭窄了。学佛是在开展自我，使自己成为更宽大、更有识见、更能包容的人，如果愈学愈狭窄，不但违背了"真俗二谛、定慧圆融"的教化，也成为别人眼中不正常的人。

其次，对社会的关心也很重要，比方前一阵子鸡肉、鸡蛋价钱惨跌，养鸡业者一下子就杀掉一百多万只的鸡，而且手段的残酷匪夷所思，他们把小鸡用火活活烧死，一次就烧掉几十万只鸡。还有前一阵子鸭肉没人吃，养鸭的人把几十万快要孵化的鸭蛋从桥上倒入河里，有的鸭蛋在空中就孵成小鸭，展开小翅膀还来不及叫一声，就被活活摔死或淹死了。还有从前市政府有捕狗队来抓路上的野狗，抓到的狗丢到焚化炉里，活活烧死⋯⋯这些都是多么残忍的事，看新闻报道都令人痛心疾首，不要说亲眼目睹了。

这些社会现象都与佛教的慈悲息息相关，只要多一点关心说不定就可以使这些众生免于惨死，例如建议把抓来的野狗辟地收容，做一些检疫工作，让喜欢动物的市民来领养，就可以拯救许多狗的生命——这不是佛教徒义不容辞的工作吗？

另外，像保护动物、保护环境、对核能电厂的观点，乃至防治犯罪等等都与我们有密切关系。我们佛教徒讲慈悲，却经常把慈悲画在某种范畴里，事实上任何事物都是慈悲的范围，慈悲应该可以表现在现代社会的一切事物里，所以，关怀社会现象是我们佛教徒的本分。

最后，谈到现代知识的学习，佛法是最合乎科学、最有智慧、颠扑不破的，因此现代知识不但不违背佛法，反而可以拿来印证佛法，让现代人生起信心。举一个例子来说，如果你是一个富有知识的人，而你又信仰佛教，那么别人就很容易相信佛教是有水准的宗教；如果你不识之无，别人怎么相信你的佛教是了不起的呢？

当然，佛教不强调知识，而强调智慧，但佛教不应排斥知识。我们读佛经就会知道，所有的佛菩萨都是智慧知识具足的，因此学习知识也是现代佛教徒非常重要的事。

问：您听到一般人怎么样谈论佛教徒？

答：一般人谈到佛教徒，都会给予正面的评价，例如觉得我们比较善良、比较讲道德、比较有良知、比较温和、比较心肠软、比较不会占人的便宜等等，我想这是社会上很多佛教徒共同努力的结果，也就是说，大家对佛教徒的评价是很正面的。自然有一些无知的人会批评佛教徒，认为我们吃素是死脑筋，我们礼拜佛菩萨是崇拜偶像，我们相信因果轮回是迷信，对这些，我们不必太在乎，只要我们有信心，深信三宝，别人怎么批评都是无关紧要的。

其实，我们佛教徒也不必与别的宗教多做比较，想分出个高下，我们好好学佛、学菩萨就够了。我们佛教当然是所有宗教里最究竟圆满的，可是佛教的根本是在于实践，如果我不能好好实践佛的教化，佛教再好又与我有什么相干？

问：那么，您是一个什么样的佛教徒？

答：我希望自己在心里有出离心，但仍然做入世的事业，也就是说，我不要失去我的人间性。我不要让别人觉得佛教徒有特别的形态，或者有特别的圈子。

我也希望做一个有大包容心的佛教徒，我从前写过一篇文章，里面说到"特蕾莎修女是位大菩萨"，原因是我们把她的生平、行为、理想，还有她拯救了那么多人，放在菩萨的标准来衡量，她是菩萨是毫无疑问的。能打破这个观点，包容就会大，例如我有很多外道的朋友、无神论的朋友，我从来不会因为信仰而排斥他们。

老实说，在我们还没有彻证之前，我们真的不知道谁才是菩萨，最好的态度是，对一切众生都生起佛菩萨想。菩萨是无所不在的，他也没有一定的面目，例如我们到国外去，菩萨也在国外。有一次我去罗马梵蒂冈大教堂，很为那教堂的宏伟庄严而感动，我就坐在椅子上念南无观世音菩萨，而且我确信菩萨也在那里。

《维摩诘经》里说，所有的魔王和乞丐都是住于不可思议境界的菩萨来化现的，一般人很难体会这一点。有一次我在通化街看到许多乞丐，他们的形状都很凄惨，路过的人看了都会不自觉生起慈悲心。我们想一想，通化街一天如果有五万人走过，而有三万人生起慈悲心，有一万人行起布施的功德，我们就能知道《维摩诘经》的真意，我们有何德何能在一天内使三万人生慈悲心，一万人行布施？那么，我们还敢小看乞丐吗？

因此，我也希望自己做一个谦卑的佛教徒、圆融的佛教徒，我不但要在修法上、经典上学习，也要在现实生活中学习。我时常拿一句话来勉励自己："如果我做得再好一分，别人就会对我信仰的宗教增加一分信心；如果我的人格再完美一分，别人就会对我信仰的宗教多一分尊敬。"

问：您写了很多有关佛教的文章，尤其是"菩提系列"，您对写佛教文章抱什么态度？

答：我在学佛以后，读了许多佛书，发现很多书都把佛教说得太深奥、神秘，或者复杂，使人读了很担心自己不能接受或学习佛教，这样不但无法起信，反而使人畏惧佛法。尤其有一些书把佛教说成是一门学问，失去了佛教实践修行的特质。

我开始写佛教文章时就希望自己能传达一些讯息，这些讯息包括：一、佛法是美丽动人的。二、佛法是慈悲而有智慧的。三、佛法是要实践的。四、人要透过自觉，才能走向非凡美丽、悲智双运的世界。

我的目标就是这样，希望透过我的文章使人对佛法有兴趣、生起大乘的信心，当然这是很不容易的，所以我还要更努力。

在我的佛教文章里还有一个重要的特质，就是人间性，我比较不强调出世，而强调应该在人间修行，我觉得只有真正进入人间的菩萨，才有资格讲出世。我的佛教文章基本观点受到《维摩诘经》和《华严经》很大的影响。

问：信佛以后回观自己以前的作品，有什么不同的感觉？

答：基本上是没有太大的分别，我从前的作品也是在唤起人与人之间的关怀，人与万物之间的爱，只是我现在的观点更透彻、更澄明了。所以我很感恩能学佛，学佛令我开启智慧、有更广大的慈悲、更高远的胸襟，这些都远远超过我从前的作品。

还有，从前我的作品很注意技巧、结构、文字的华美，现在我比较不注重这些，现在的作品是自然的流露，而且文字尽量简单，我希望人人都看得懂我的文章。

问：您的下一本"菩提"叫什么"菩提"？可否谈一谈？

答：我下一本叫《拈花菩提》，这一本和从前的四本菩提不同，它更精短，是我修行过程一些心灵的记录。我企图用一些象征来表达佛教基本的概念，例如我用茶叶和茶水的关系来讲"布施"的概念，我们起了布施心时即使所能布施的东西小如一片茶叶，但这片茶叶会遍满整壶茶的水，功德是不可思议的。

例如我用光与镜子来讲"回向"的概念，我说只有光明才能使镜子反射，黑暗的东西是无法回向的，因此我们要回向，一定要先光明自己。

此外，我用汗珠反射阳光造成的彩虹来讲"法界"；我用蚂蚁爬过佛像来讲"三昧"；我用写在水上的字来讲"无常"；我用喝番薯汤来讲"承担"……

我写这本书时有个野心，希望大家从最简单的启示来进入佛教最基本和重要的观念。我觉得这一本《拈花菩提》的文字最精简，但耗的心血最多。

问：佛教徒与家庭的关系？

答：我们一家都吃素，小孩子从小就跟我们吃素了。有一些佛教徒连吃素都困难重重，更不用说别的了。

我想，佛教徒既然在家，就会有很多家庭的问题，以及来自家庭的困境，我觉得佛教徒应该以更细腻、体贴、温和、慈悲的态度来对待家人，最后组成佛教家庭，一起走向菩提之路。

万一家里只有自己信仰佛教，也不可以与家人对立，甚至排斥家人，而要抱持包容关怀的态度，透过自己的实践来感化他们。这个世界如果连我们最亲爱的家人都无法包容，那么"解救众生"挂在嘴边就会成为伟大的空话了。

问：请您送给本刊读者一句话。

答：我送大家的一句话，就是"不受第二支箭"。意思是快乐来时不要迷恋快乐，痛苦来时也不要沉溺于痛苦。让我们一起来过自觉的、坦然无悔的人生。